たくあん聖女のレシピ集

【たくあん錬成】

スキル発覚で役立たずだと追放されましたが
神殿食堂で強く生きていきます

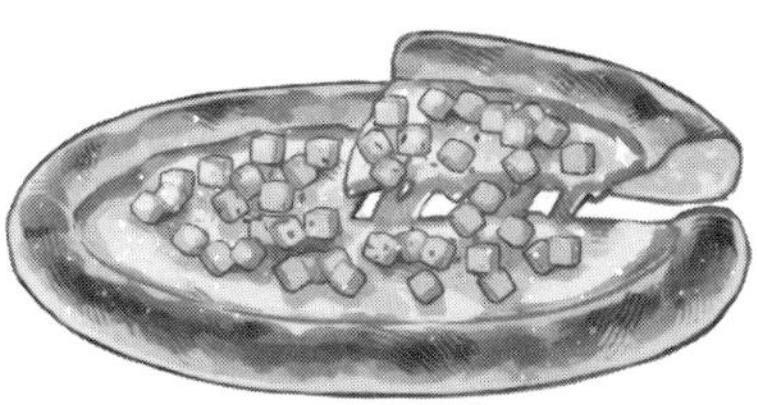

Author 景華　Illust すざく

口絵・本文イラスト
すざく

装丁
ムシカゴグラフィクス

Takuan seijo no recipe syu

Contents

1 【たくあん錬成】スキルが発覚したら呆気《あつけ》なく追放されました

『今年生まれた子どもの中に、聖女の力が宿るであろう』
そんなお告げがあったと神殿が発表したのは、もう十八年も前。
別に聖女の力じゃなくてもよかったのよ。
【魔法系スキル】でも、【武闘系スキル】でも、はたまた【鑑定スキル】でも……。
使えそうなものならばきっとこうはならなかった。
なんで私のスキル――……。
【たくあん錬成スキル】なのぉぉぉぉぉぉっっ⁉

私、リゼリア・カスタローネは、ベジタル王国の公爵令嬢として、そして聖女候補として、十八年間大切に育てられてきた。――はずだった。
この日までは――。

プラチナブロンドの長い髪に、お父様譲りのアメジスト色の大きな瞳《ひとみ》。恵まれた容姿に、学業でも優秀な成績をおさめていた私は、将来聖女になるのはリゼリア・カスタローネ嬢に違いないと言われてきた。

そして十歳の時、この国の王太子である三つ年上のラズロフ王太子と婚約。

美しい銀髪に切れ長の空色の瞳を持ち、勉学や武術にも優秀な王太子との婚約は、誰もが羨《うらや》むものだった。

厳しい王妃教育が終わると同時にラズロフ様の執務を手伝うようになり、後はこの国の成人である十八歳の誕生日に行われるスキル検査で〝聖属性〟のスキル判明後に結婚、というところにまできていた。

私には双子の妹がいる。

――アメリア・カスタローネ。

ふわふわのプラチナブロンドの髪に、お母様譲りの濃いピンク色の瞳。目の色と髪質以外を見れば私とよく似た顔の作りで、双子の遺伝子の恐ろしさを思い知らされる。

彼女もまた聖女候補ではあるけれど、勉強もお作法も私が完璧《かんぺき》にこなすこと、そしてアメリアが双子とはいえ妹であることを理由に、姉である私が選ばれたのだ。

あの時のアメリアの私を睨《にら》みつける表情は今でも覚えている。それ以来アメリアとはまともに口を利《き》いていない。

そして今日、誰もが待ちに待った私達の十八歳の誕生日。

神殿で行われる集団スキル検査で私に告げられたのは――。

【たくあん錬成】――……。

【鑑定】スキルをもった神官によると、黄色くてなんだか匂う、よくわからない〝たくあん〟なる食べ物を生み出すという、それはもうよくわからないスキルだった。

というかこれ本当に食べ物なの⁉

当然聖女になるものだと信じて疑いもしなかった父母と、そして王家は絶望し私を責めた。

「役立たず‼」

「お前を育てるためにかかった金を返せ‼」

「この、顔だけ聖女‼」

散々な言われようだ。

顔だけ聖女ってなんだ。

悪口なの？

それとも褒めてるの？

その場にいた婚約者であるラズロフ様ですら蔑《さげす》むような目をして私を見下ろす。

そしていつの間にやら彼の腕に絡みついているのは、私の双子の妹アメリア。

「そんな強い匂いを放つ得体の知れないものを生み出すだけの女などいらん。私にはやはり、可憐《かれん》なアメリアの方がふさわしかったのだ」

「ごめんなさいね、お姉様。私、ずっとラズロフ様が好きだったの。ラズロフ様だって、愛のある結婚の方が良《い》いものね」

　このすでに仲の良さそうな妙な雰囲気……、きっともっと前からこの二人はデキていたんだわ。ミシリと音を立てて心が軋《きし》む。

「王太子命令だ。私達を騙《だま》した罪により、貴様に国外追放を言い渡す‼　今すぐこの国から出て行け‼」

「は⁉　ちょっ、お待ちください‼　それはあまりに理不尽――‼」

「うるさい‼　一度屋敷へ帰ることも許さん‼　このまま真っ直《す》ぐ歩いて国を出ていけ‼」

　そんな横暴な。一度たりとも自分から聖女ですなんて言ったこともないのに。

　勝手に次期聖女だともてはやして婚約やら王妃教育やらさせておいてこの仕打ち、あんまりだわ。

　私はどうにかならないものかと縋《すが》る思いで両親へと視線を移す。けれど、両親ならば助けてくれるだろうという私の期待はあっさりと打ち砕かれた。

「今後一切、うちの門をくぐることは許さん‼」

「もうこの国に顔を出さないで‼　この恥さらし‼」

　こうして私は誕生日の早朝、たくさんの罵倒《ばとう》の言葉を受けた末に、このベジタル王国を追放された。――身一つで。

――ぐぅぅぅぅぅ……。

私のお腹がさっきからずっと絶え間なく主張を繰り返している。

朝ごはんを食べる前、早朝のスキル検査後すぐに追い出されてから飲まず食わずで歩き続けて、すでに辺りはオレンジ色に染まっている。

未来の聖女のために作られた真っ白なドレスは、舗装されていない道を歩いたおかげで泥跳ねや枝の引っ掛かりで汚れほつれ、無惨なものに変わり果てていた。

誰よ。『未来の聖女なのだから白のドレスで検査を受けなさい』なんて言ったやつ。

白だから汚れが目立って惨めさが増すじゃない。

心の中で悪態をつきながらも私はひたすら歩き続ける。

「もうすぐ。もうすぐよ。この森を抜ければ国境よ」

私が今目指しているのは、ベジタル王国の東に位置する隣国フルティアだ。

自然豊かで実り多く平和な国。資源が豊富ゆえにいろんな食べ物が生み出される、言わば食の聖地。

あそこでなら私のこの【たくあん錬成】というよくわからないスキルも役に立てるかもしれない。

そんな一縷《いちる》の望みをかけて向かっている最中、ふと、少し先に何かが倒れていることに気づいて私は足を止めた。

「や……な、何⁉」

まさか野盗にでも襲われた人の死体？

それとも魔物に食い散らかされた死体？

どっちみち嫌ぁぁぁぁぁぁあ‼

極力その塊の方へ視線を向けないようにしながら、そろりそろりと慎重に通り過ぎようとする。

――あれ？

そういえば血とか飛び散ったような跡もない。どういうことかしら……？

不審に思った私はゆっくりとその死体（仮）の方へと視線を移す。

「⁉」

何、この人。

――ものっすごく綺麗《きれい》なお顔の男性が、そこにいた。

艶《つや》やかなサラサラの黒髪に長いまつ毛。

目を閉じているから瞳の色はわからないけれど、さぞかし綺麗なんだろう。もう見ることができないのは残念だけれど、ここで会ったのも何かの縁。

せめて祈らせていただこう。

私は胸の前で手を組むと、彼の安眠を祈った。その時――。

ピクッ——……。

あれ？

今動いた？

よく見れば僅《わず》かながら胸が上下して、息もしているみたい。

この美形、生きてる⁉

どうしましょ。私の力じゃ担ぎ上げることもできない‼　かといって引きずっていくわけにもいかないし、どうにかして意識を取り戻してもらわないと、医務院にも連れていけない。

「と、とにかく、起こさなきゃ。でもどうしたら……。……そうだわ‼　あれなら‼　んっと……ホイッ‼」

あることを思いついた私は、覚えたてのスキルを使って〝たくあん〟を錬成した。

ポンッ、というはじけるような音と眩《まばゆ》い光とともに、私の手の中へと現れる一本の〝たくあん〟なる黄色い物体……。

うっ……。

このツンとくる匂い……。べっとりとした感触……。

私は自分の鼻をつまみながら、もう片方の手のひらの上の黄色く長い【ソレ】をぎゅっと握ると、男性の筋の通った鼻先へとそれを近づけた。気付けにならないかという、淡い期待を抱いて。

「ほーれほれ。起きてくださーい」

途端にくしゃりと歪《ゆが》められる綺麗な顔。

「ほれほれー」

それでも容赦なくさらに【ソレ】を近づけて様子を窺《うかが》うと——

「ッ⁉　うわぁぁぁぁぁあああっ⁉」

——起きた。

すごい勢いで身体《からだ》を起き上がらせた男性。

【たくあん錬成】スキルってこういう使い方もあるのね……。いや、むしろ食べ物というよりもこの使い方の方が正しいんじゃないかしら。

それにしても——。やっぱり思った通り、とても綺麗な目。

私が思わずその深い青色の瞳をじっと見つめると、男性が居心地悪そうに眉《まゆ》を顰《ひそ》めながら口を開いた。

「誰？　俺を襲ってどうする気？　痴女さん」

ち、じょ……？

聞き慣れない言葉だけれど意味は理解できる。

一瞬だけ脳内がフリーズして、その意味を理解した刹那《せつな》、私の顔は火がでそうなほどに真っ赤に燃え上がった。

「ち、違いますっ‼　私はそんな、ち、痴女なんてものではなく‼　あなたを襲う気なんて全くこ

れっぽっちも、そう、一欠片《ひとかけら》もありません‼」

慌てて首をぶんぶん横に振って否定すると、男性は未だ胡散臭《うさんくさ》そうにしながらも「じゃあ、君は何？」と聞いてきた。

何……。

あぁそうか。

今までの私ならばすぐに王妃教育で得たカーテシーを披露して、名前とともに家名を名乗るところだけれど、あいにく今の私には名乗れる家名も地位もないんだ。

家名も立場もなくなれば私はすっからかんだなんて、虚しいものだ。

さて、どうするべきか。

考えた私は、とりあえずこう名乗った。

「と……通りすがりのたくあん売りです‼」

「…………………ん？」

綺麗な顔のままフリーズする男性。

あ、滑った。

「ゴホン。私はリゼ――、と申します。隣国フルティアへ行く途中で、道端に倒れているあなたを見つけまして、供養を……あー……いえ……、気を失っているだけのようでしたので、〝たくあん〟を近づけたら起きるかなぁと思って試してました。……すみません」

私は公爵令嬢としてのきちんとした儀礼じみた挨拶《あいさつ》ではなく、ただ丁寧に警戒心を抱かれないように注意しながら自己紹介と謝罪を述べた。

本名であるリゼリアではなく、愛称を名乗って。

「リ、ゼ……？　まさか……本当に？」

あれ、この反応。

まさか私のことを知っているのだろうか？

いや、私にこんな綺麗な黒髪を持つ美形の知り合いはいなかったはず。気のせいだろう。

「〝たくあん〟というのは、その独特な匂いを放つ黄色いもののこと？」

男性が私の手元を指さす。

「は、はい。そうです」

こんな美形男性を前に何てものを持ってるんだ私は。突然襲いくる羞恥心《しゅうちしん》に居た堪《たま》れなくなった私は〝たくあん〟をそそくさと背に隠す。

「そうか……。先ほどは失礼した。助けてくれてありがとう。俺はクロード。隣国フルティアの人間だよ」

まさかの私の行き先の地元民!?

こんなところで地元民を拾うとは……なんてついてるのかしら!!

「この国に何か美味《おい》しそうなものはないかなー、と思って貿易の調査のために来たはいいけど、急いでいたからお金も持たずに来ちゃってね。仕事が忙しくてここに来る前から食事をしていなくて、フルティアに帰る前にお腹が空いて遂に倒れてしまったみたいだ。起こしてくれてありがとう。あのまま倒れていたら、魔物の餌にでもなっていたかもしれない。本当に助かったよ」

爽《さわ》やかな良い笑顔を向けるクロードさん。いや、食事はきちんととりましょうよ。意識失うまでの空腹って……。

でも私もこの人に出会わなければ、いつかは同じようにお腹が空きすぎて倒れていただろう。

こちらこそ助かりました、ありがとう。

心の中で礼を言う。

「とりあえず野宿して、朝になったらフルティアに渡ろうと思うんだけど——、リゼさんはどうする？　よかったら俺とここで野宿して、明日一緒に向こうに行かない？」

婚約者でもない男性と二人っきりで一夜を明かすなんて、常識としてはありえない。

今はこんなでも、私は一応高位貴族の令嬢として育ってきたのだ。

抵抗がないといえば嘘になる。

けれどここで一人になるのも心細いし、それこそ魔物に襲われてあの世行きだ。

あんなことがあっても私は生きることを諦《あきら》めたわけではない。むしろ本来の性格である負けず嫌いが発動して、何が何でも生き抜いてやりたい気持ちでいっぱいだ。

私はこれまでの公爵令嬢としての常識一切をかなぐり捨てると、クロードさんを真っ直ぐに見上げてから「ご一緒させてください‼」と答え、頭を下げた。

旅は道連れ、とよく言うものね。

「うん。よろしくね、リゼさん」

何故か嬉《うれ》しそうに右手を差し出したクロードさんに、私は頭を上げてその手を取り、握手を交わした。

こうして私は、〝たくあん〟がつないでくれた不思議なご縁で、先ほど拾ったイケメン、クロードさんと共にフルティアを目指すことになった。


——空もすっかり暗くなった頃、大きな木の根本に腰を下ろして夜を凌《しの》ぐことになった私達。

ぐぅうううう……。

ぐぅうううう……。

夜の森に響き渡るお腹の二重奏。

イケメンの前で腹の音を晒《さら》すこの羞恥《しゅうち》よ……。

私、一応元公爵令嬢ぞ。

「何か食べ物でもなってないかなぁ？」

大樹を見上げてクロードさんがつぶやく。

私も釣られてそれを見上げるけれど、あいにくと木には何もなっていない。ふさふさと茂った葉っぱがぼんやりとした月明かりに照らされているだけだ。

本当なら今頃私は誕生日パーティーで、明るくて暖かい部屋の中、美味しいものと綺麗《きれい》なものに囲まれていたはずなのに。

どうしてこうなった。

いや、なったものは仕方がない。今は生き延びることだけを考えるのよ。

「随分暗くなってきてしまいましたね」

夜の静けさと暗闇が混ざり合って、不気味な世界が広がっている。

怖い。

漠然とした恐怖に腕を抱える私をチラリと見たクロードさんは「大丈夫だよ」と優しく声をかけた。そして――、

「〝ライティング〟――‼」

クロードさんが唱えた途端、彼の右手のひらに丸い光のたまが浮かび上がり、私と彼の周りだけがぼんやりと明るく照らされた。心なしか周囲が暖かく感じられる。

「うわぁ……すごいです‼」

「俺のスキルは【光魔法】でね。これぐらいは朝飯前だよ」

【光魔法】――。

聖女が扱うことのできる〝聖属性〟の特殊な魔法。

稀《まれ》に聖女以外でも【光魔法】スキルを受ける男性がいて、その人達はスキルを持った後は家を出て、聖騎士として神殿と聖女に仕えるって聞いたけど……。

そうか、クロードさんはその聖騎士、なのか。

「これで怖くない？　リゼさん」

綺麗な笑みを浮かべて私を見るクロードさん。

ライティングの光でキラキラエフェクト増し増しだわ……。

「ありがとうございます、クロードさん。……あーぁ、私にもこの力が現れてくれてたらよかったのになぁ……」

そうしたら、今も優しい両親のもとで、婚約者の隣で、いつもと同じ日々を送っていられたのに。

今更ながらに負の感情が湧き上がる。

「リゼさんもスキル検査を？」

「受けましたよ、今朝。そして現れたのが、この〝たくあん〟という食べ物を出すだけの【たくあん錬成】スキル……」

私は手元の〝たくあん〟をじっと睨《にら》むように見つめる。

くそぅ、この役立たずめ。

「今朝……やはり君は……。……ん？　食べ……もの？　ちょっと失礼」

そう言うとクロードさんは、私が持っていた一本の黄色い物体を取り、美しく整った口でカリッと良い音を立てながらかじりついた。

「‼」

瞬間大きく目を見開いて固まったクロードさん。

え……何か……、何か毒でも？

いやもうこの匂い自体が毒みたいに強烈だけど……。ていうかよく食べられるわね、こんなに独特な匂いなのに。

ボリボリボリボリ。軽快な音が夜の世界に妙なバランスで交ざり合う。

「……」

「……」

ちょっと不安になってきた。

まさか本当に毒……じゃないわよね？

「ク、クロードさん？」

私は恐る恐る彼の名を呼ぶ。

すると「はっ‼」と彼は我にかえったように目をぱちぱちさせてから、再びその毒容疑のかかった黄色い物体を自身の口へと運んだ。

カリッ、カリッ、ポリポリ……。

良い音を立てながら、夢中になってそれを口へと入れていくクロードさん。そしてそれは、あっという間に全て彼の口の中へ入り、なくなってしまった。

「クロードさん？　だ、大丈夫ですか？」

「やっぱり美味しい……‼　これ、すごく美味しいよリゼさん‼」

目を輝かせながらずいっと私に顔を近づけて興奮気味に声をあげるクロードさん。

は？

美味しい？

「ほんのりした甘さと塩みのハーモニーが素晴らしい‼　心なしか、力も湧いてくるような気がする‼　すごいじゃないか、リゼさんのスキル‼」

はは、本気？

お世辞とかじゃなくて？

私は試しに「【たくあん錬成】‼」と唱えて、再び〝たくあん〟を生み出す。

うっ……やっぱりニオイが……。

私は〝たくあん〟を掴《つか》んでいない方の手で鼻を摘まむと、ゆっくり口内へと黄色い物体を押し進めた。

カリッ……ポリッポリポリ——……。

弾けるような音と食感とともに、ほのかな甘みと塩み、そしてみずみずしさが口いっぱいに広がっていく——。

え……。

何……これ。美味しい――。

カリッポリポリ、カリッポリッ。

よくわからないけれど疲れが取れていくみたい。高いヒールで歩き続けた足の痛みすらなくなっていくようだわ。

私はあっという間に一本丸々を食べ切ってしまった。

「こんなに匂うのにこんなに美味しいだなんて……」

ぽつりとつぶやくとクロードさんが「でしょ?」とにっこり笑った。

「俺の国ではこのくらいの匂いは全然気にならないけど、匂いの少ない葉物野菜を主食にするこの国ではくさいと感じるのだろうね。とはいえ、さすがに突然鼻先でこの匂いがしたのには驚いたけど」

ベジタル王国は野菜、主に葉物野菜が豊富だ。肉や魚、果物を積極的には摂らず、貿易でもそれらの取引はほぼされていない。

対して隣国フルティアは、果物を始めとして肉も魚も豊富。料理もバリエーション豊かだと聞く。だからこその食べ物先進国なのだろう。

「ねぇリゼさん、うちの国の料理屋で働いてみない? 俺、良いところ紹介するからさ。もちろん宿もね」

突然のありがたい申し出。すぐにでもその話に飛びつきたくなるけれど、私は現実を見られないほど愚かではない。

「でも私、お金持ってないです」

宿を取るとなるとお金がかかる。それに紹介料だって。

自慢じゃないが今の私は無一文だ。あの場で、家に一度帰ることすら許されず身ひとつで追放されてしまったのだから。

私がしょんぼりと肩を落とすと、クロードさんがふふっと笑った。

「大丈夫だよ。身体で払ってもらうから」

色気たっぷりに言い放ったクロードさんに、胸が高鳴る。こんなの、元婚約者であるラズロフ様相手にもなったことがない。

イケナイわ‼

こ、婚約破棄されたとはいえ、こんな……‼

「なっ……なっ……」

「せっせと働いて、俺に毎日たくあん料理を無料で提供してくれたら十分だよ。宿代もいらないからね」

あ……身体って、そういう……。

「な、なんだ……」

私がほっと息を吐きながら言うと、クロードさんがまたクスリと笑って、妖艶《ようえん》に囁《ささや》いた。

「あれ？　リゼさん、何を想像したのかな？　――リゼさんのえっち」

うあぁぁぁぁぁぁあああああ‼

小悪魔だ‼

小悪魔がいる‼

「うぅっ……ぁ、あの……よろしくお願いします」

「うん。任せて」

私が絞り出すように言いながら頭を下げると、クロードさんは晴れやかな顔をして頷《うなず》き続ける。

「さて、じゃあ寝る前に――もう一本、〝たくあん〟ちょーだい」

私がクロードさんに〝たくあん〟をもう一本錬成しようとしたその時――。

「グルルルル……」

「⁉」

低い唸《うな》り声が少し先の薄暗がりの中で聞こえる。

それも一つじゃない。

二つ、三つ、いやそれ以上。

「おやおや。魔獣の群れに遭遇、か」

暗がりの中から血が滴るかのように赤く光るたくさんの鋭い眼が浮かび上がり、ゆっくりとこちらに近づき――。

「ガルゥゥゥウ……‼」

「ま……魔犬……‼」

姿を現したのは銀の毛に覆われた八体の魔犬。

町や村の周りには神官達によって魔物除けの魔法が張り巡らされているものだけれど、ここは近くに町も村もなければ人けもない平野。

魔獣が出る可能性だって0ではないのだ。

どうしよう。

ここにいるのは追放されたてほやほやの、〝たくあん〟を出すしか能力がない小娘と、優男系イケメンだけ。

聖騎士は光魔法で戦うこともできるとは聞くけれど、どう見てもクロードさんは戦闘要員には見えない。ふんわりおっとり癒し系要員だ。

ここは私が……やるしかないっ‼

「【たくあん錬成】‼」

光を放ちながら私の手に出現する一本の長い〝たくあん〟。

「クロードさん離れていてください‼　ここは私が――‼」

「うん、リゼさんが俺をどんな奴だと思っているかは理解できたよ……。とりあえず落ち着いて、俺に任せてね」

焦ることなくクロードさんはそう言うと、口元に笑みを浮かべてから私を庇《かば》うようにして前へ歩み出た。

「く、クロードさん‼　危険です‼」

「大丈夫だよ。俺のカッコ良いところ、そこでよく見てて。――〝ライトソード〟‼」

クロードさんが声を上げた瞬間、たくあん錬成時とは比べ物にならないほど眩《まばゆ》い光が辺りを照らし、彼の手元に集まった光が形を作っていく。

「‼　これは……‼」

光の――剣……。

白光を纏《まと》いながら形作られたそれは、紛れもなく一本の剣。

剣身から切先まで全てが光り輝いている。

とても神聖で、美しい。

「はぁぁぁぁぁあっ‼」

クロードさんが地を蹴《け》り前方の魔犬に向かって駆けると、魔犬の群れも向かってくる獲物《クロードさん》目掛けて飛びかかってくる‼

だめだ‼

あの数の魔犬に一人でだなんて無茶よ‼

魔犬がクロードさんに飛びかかろうとしたまさにその時――‼

「遅いな」

シュンッ――‼

「⁉」

真横に一振りされた光の剣。私の目に焼き付く一本の光の線の残像。

と同時に、声一つ発することなくバタバタと倒れていく魔犬達。

あっという間に動かぬ魔犬の山が出来上がってしまった。

え、今、何が……？

「さ、終わったよ、リゼさん」

「終わった、って……倒したんですか？　あの一瞬で？」

早すぎません？

頬を引き攣《つ》らせる私をよそに、クロードさんはケロッとした顔で「うん、もう安心だよ」と魔犬の死体の山を背景に笑った。

なんて刺激の強い絵面なの……。

「あぁでも、流石《さすが》にこんな死体の山に見守られながら寝たくはないよね。ちょっと待って。〝ライトスネーク〟‼」

クロードさんがそう唱えると、たちまちクロードさんの手のひらから二本の光のロープのようなものが現れ、そのうち一本がまるで蛇のようにうねりながらその死体の山をまとめて縛り上げていった。

あっという間に魔獣の花束——いや、花じゃないから魔獣の束か——が出来上がった。

それをもう一本の光のロープが、魔犬を束にしたロープに絡みつき引っ張るようにして私達から遠ざけていく。

そしてあっという間に、魔獣の束とロープはその場から姿を消した。

「すごい……」

「あ……ごめん。蛇、苦手じゃなかった？」

気遣うようにこちらに視線を向けるクロードさんに私は首を横に振って答えた。

「大丈夫です。十歳の頃から蛇や毒を克服するよう、蛇責めや毒責めの訓練を受けてきたので」

王族は誰かの陰謀で危険な目に遭うことも多い。

未来の王妃たる者、何があっても平静を保たねばならないと教えられ、蛇や蛙などの女性が嫌がりそうな生物がウヨウヨいる部屋に一人取り残されたり、毒の訓練として日々少しずつ毒を自ら飲んだり。

……よく生きてきたな、私。

それを聞いた瞬間、クロードさんから表情が抜け落ちた。

「俺のリゼさんになんてこと……」

「初対面で俺のって……何言ってんですか⁉」

なんなんだろう。この人の距離感がよくわからない。

「ふぅ、まぁ、今殺気立っても仕方ない、か」

言いながらクロードさんは自然な流れで私が先ほど錬成したたくあんを奪い、口に運んだ。

ポリッ、カリッッカリッッコリッッ。

小気味いい音が夜闇に響く。

さっきまでの殺伐とした空気が嘘のようだ。

「ん、美味しい。さぁ、魔物に襲われないように結界を張っておくから、もう休もう」

そう言うとクロードさんは頭上に指で円を描く。

クロードさんが指を動かすのと同時にその指先から光が現れ、光の円が出来上がり、それはドームのような形になって私達を包み込んだ。

「さ、これでもう安心だ」

クロードさんが私の手を引き、先ほど座っていた大樹までエスコートすると、二人並んで再びその木を背に腰を下ろす。

「今日は色々あって疲れただろう？　ゆっくりお休み、リゼさん」

彼の言う通り疲れていたのだろう。クロードさんの優しい声を子守唄《うた》に、私はすぐに意識を手放した。

太陽の光が木漏れ日となって私の瞼《まぶた》に降り注ぐ。地面に座って眠るなんてもちろん初めての体験で、身体《からだ》の節々がミシミシ言っている……。

こんなでも一応大切にされてきた箱入り娘ですからね、……一応。

理不尽な追放や罵倒《ばとう》のおかげで一周回って振り切れた私だけれども、中身はちゃんと箱入り令嬢のままだ。

「やぁ。おはよう、リゼさん」

あぁ、朝から、しかもこんな体勢で寝ていたにもかかわらずなんて眩《まぶ》しい爽《さわ》やかな笑顔なんだろう。

「おはようございます、クロードさん」

明るい場所で見る彼の顔は、思った通りとても整っていて美形だ。

サラサラな黒髪に、飼っていた愛犬のクロを思い出して無性にわしゃわしゃ撫《な》で回したい衝動に駆られる。クロ、元気かなぁ……。

「身体は大丈夫かい？」

「へ？　あ、えぇ。何とか」

願望を脳内再生していた私は、急に話を振られて随分間抜けな声を出してしまった。

「そう？　じゃあ、早速だけど国境の門へ行こうか」

そう言って立ち上がると、私に手を差し出してエスコートの形を取るクロードさん。

とても自然でスマートなエスコートスタイル。クロードさんて、聖騎士になる前はどこかの貴族だったのかしら？

やたらキラキラしてるし。

私はありがたく差し出されたその手を取ると、ボキボキと骨を鳴らしながら立ち上がった。

「……」

「……」

は、恥ずかしい……。

頭上からクスクスと控えめに笑う声がする。

「なんでクロードさんは平気なんですか？」

「俺？　俺はだってほら、聖騎士だから。こういう野宿は結構経験してるんだよ」

あぁ、そうか。

聖騎士は確かに国の要請で戦いの応援に駆り出されることも多い。

光魔法での攻撃は強力なものだし、治癒要員として駆り出される聖女の護衛として一緒に戦場へ行くこともあると聞く。

光魔法で治癒を使えるのは聖女だけだ。

ただし、その聖女も希少で、この世界で五人のみ。それもあまり力が強くはないようで、少しばかり治癒力を高めるので精一杯のレベル。

だから六人目の聖女となるであろう私に〝今度こそは〟という期待が大きかったのだけれど……。

聖騎士は攻撃系の光魔法を以《もっ》て、基本は聖女の護衛につく。

もしも私に光魔法のスキルが備わっていて隣国フルティアの聖女で、本当に聖女だったならば、クロードさんが護衛についていてくれたのかしら。

私はクロードさんに守られる自分を想像すると、すぐに首をブンブンと横に振ってその妄想をかき消した。

何考えてるの⁉

そんな……そんな邪《よこしま》な妄想‼

そもそもクロードさんはフルティアの人間じゃないのっ‼

「ん？　どうしたの？　あ、まーたえっちなこと考えてたんでしょ？」

ニンマリ顔でそう言うクロードさんに私は涙目になりながらも「違いますっ」と全力で否定した。


しばらく歩いて見えてきたのは、青色の大きな門。

その傍らには見張り台と小さな煉瓦《れんが》の小屋。

ここに来るまでずっと手を引いてエスコートしてくれているクロードさん。

流石に恥ずかしいので離そうとしても「転《こ》けたら危ないでしょ？」とやんわりと御されてしまっ

た。

なんて紳士だ。いや、過保護なのか?

元婚約者にもこんなにしてもらったことはないというのに、昨日出会ったばかりの美形聖騎士様にこんなによくしてもらうなんて……。なんでも拾ってみるもんね。

門の前には二人の騎士が立っていて、こちらに気づくとすぐに腰の剣に手を添えてから「身分証を」と事務的な口調で言い放った。

しまった……。昨日は朝のスキル検査後、家に帰ることも許されないままに追放されたから、身分証である家紋入りのアクセサリーを持ってきていない。

そもそも今の私に身分なんてあるのか?

父にも母にも見限られたというのに。

私がどうするべきかと考えていると、隣のクロードさんがスッと私の前に出てから、自身の右手の袖を少しずらすと、そこに現れたブレスレットを門番の騎士達にかざして見せた。

「‼」

警戒していた騎士達の表情が、明らかに変わった。

表情もなく事務的な様子だった彼らは、一瞬にして驚きと緊張感を孕《はら》んだ表情へと変化したのだ。

クロードさんはブレスレットに家紋を刻んでいるのね。

そんなに有名な家の家紋が刻まれていたのかしら?

貴族の身分証は、それぞれの家の家紋を刻んだアクセサリーだ。

私の場合はネックレス。

貴族以外の人間は普通に身分証の手帳が配布されているみたいだけれど。

クロードさんがブレスレットを示したということは、やっぱり貴族の人間なんだろう。

この身分証だけは、罪人になったりしない限りは有効だ。

クロードさんみたいに家を出て聖騎士になったとしても、身分証の効果は失われない。

「ふ、フルティア王国第二王子殿下‼　失礼いたしました‼　どうぞお通りください‼」

門を開け、勢いよく頭を下げる騎士達。

——ん？

フルティア王国……第二王子殿下⁉

その名称に私は驚き、目を見開いてクロードさんを凝視する。

「うん。通らせてもらうね」

私の視線も気にすることなく、再び私の手を取って前に進むクロードさん。いや、殿下。

道理でエスコートがスマートなはずだ……。

「し、しかし殿下。その女性の身分証は……」

「なくても、君達はよく知ってるはずだよ？　君達はこの国の騎士だろう？」

顔パスできるほど顔は広くないし、何よりこんな汚れたドレスではいつもの公爵令嬢然とした私とすぐに結びつかないのも無理はない。

殿下が言うと、騎士達が私の顔をじっと見つめる。すると途端にその顔は再び驚きの表情へと変わっていった。

「‼　リゼリア・カスタローネ公爵令嬢‼」

「し、しかし身分証なしには……」

どうやらわかってもらえたようだけれど、やっぱり身分証が必要なのね。

私は背筋をしゃんと伸ばすと、公爵令嬢としての態度で彼らに口を開いた。

「身分証を持たされることなく追放されたのです。話は回ってきているでしょう？」

殿下の前でこのことを口にするのは私のプライドがズタズタになるけれど、この際仕方ない。せめて元公爵令嬢としての矜持《きょうじ》だけは失わぬようにしなければ。

「それは……。はい。伝令が回ってきました」

言いづらそうに視線を伏せながら答える若い騎士。

やっぱり。仕事の早いことだ。

「ならば、私を通してくださるかしら？　身一つで出ていけと追放されたのです。出ていかなければ、その王太子命令を違《たが》えてしまいます」

私が硬い口調でそう言うと、彼らは視線を合わせ頷《うなず》きあい、左右に分かれて「ど、どうぞ。お通りください」と道を空けた。

「ありがとう」

彼らに礼を述べ、私達はその大きくて重厚な門へと足を進める。

「――カスタローネ公爵令嬢」

門をくぐろうと彼らの前を通り過ぎる際、もう呼ばれることもないと思っていた家名で呼び止められた。

「……今はただのリゼよ」

動揺しながらも絞り出したのは、短い訂正の言葉。

「……リゼ様。……何もできない我らを、お許しください……っ」

「貴女《あなた》は、騎士団の待遇改善にもご尽力くださった方だというのに……」

申し訳なさそうに言いながら二人の騎士が跪《ひざまず》く。

「気にしないでくださいな。あなた方のせいじゃないわ」

そう。彼らのせいじゃない。

ただ、私に力がなかっただけ。

ただ、無意味な期待が大きかっただけ。

「リゼ様、どうかお元気で」

「あなた方もね」

私は彼らに向けて、しゃんと背筋を伸ばし、リゼリア・カスタローネ公爵令嬢として最後のカーテシーをする。

ここを抜けたら、私はこのベジタル王国のリゼリア・カスタローネではなくなるから。

最後にやっておいても……いいわよね？

「リゼさん、行こうか」

「はい」

そうして私は、再び差し出された殿下の大きな手を取ると、彼とともにフルティア王国へと続く門をくぐるのだった。


「……第二王子殿下だったんですか？」

「うん。継承権は早くに放棄を宣言してるけどね」

国境を越えた先の平野。一本道を歩きながら、なんてことはないようにさらっと返すクロードさん、いや、クロード殿下。

「私のことも気づいて――？」

「うん。名前を聞いた時にまさか、って。助けられたのは本当に偶然だけどね。俺達、小さい頃に一度だけ会ってるんだよ」

ふふっと朗らかに笑いながら落とされた爆弾発言に、私は思わず歩みをぴたりと止める。

「はい⁉」

「俺が十三歳、貴女が十歳の時にね。フルティア王国との貿易会議をする兄上に付いてベジタル王国に行った俺は、城でたまたま貴女に出会ったんだ。あぁ、出会ったって言っても、城内の廊下でぶつかって、少し話しただけなんだけどね」

そう言って苦笑いを浮かべた殿下は、国境の門をくぐってすぐの町に入るための門を指さして
「あの町で休憩しよう」と呑気《のんき》に笑った。

まさか私と殿下が出会っていたなんて……。

しかも私、それを忘れているなんて……。

十歳といえば、ちょうど王太子との婚約が決まって、王妃教育が始まった頃。その教育についていくことに必死すぎて、他のことを気にしている余裕なんてなかったんだと思う。

王妃教育はとても厳しいものだったから……。

「クロード殿下‼」

「殿下‼　お帰りなさい‼」

町の門へとたどり着くと、門番の騎士達がぞろぞろと殿下に駆け寄って来た。

「あぁ、ただいま」

にこやかに返事をする殿下。

飄々《ひょうひょう》としていて、気さくで、話しやすい彼は、騎士達にもとても人気のある方のようだ。

「隣国で令嬢が婚約を破棄されたと聞くなり朝も早くに飛び出していったかと思えば、いつまで経

っても帰ってこないので心配しておりましたぞ」

年配の騎士が口ひげを撫《な》でつけながら笑った。

ん？

隣国で？

婚約破棄？

聞き覚えのあるワードに彼を見上げると、殿下は額に汗を浮かべながらほんのりと頬を赤く染めて「は、はは……」と飄々とした笑顔を崩し、誤魔化し笑いをした。

「心配かけたね。お金を持っていくのを忘れて、お腹が空いて倒れていたんだよ」

なんとも残念な殿下ね……。

「その方は？」

私の方にチラリと視線を移すそばかす顔の騎士。

「あぁ、この人は俺の大事な人だよ。ね、リゼさん？」

「は⁉　何を……‼」

「話を合わせて」

小声で耳打ちされて、耳にかかる吐息に鼓動が跳ねる。

「食堂を使っても良いかな？　俺達お腹ペコペコなんだ」

マイペースを崩すことなく殿下が言って、騎士は慌てて「は、はい‼　どうぞお使いください‼」と姿勢を正した。

「ありがとう。行こうか、リゼさん」

言うと、私が口を挟む間を与えることなく、殿下は私の手を引いて門のそばにある大きな建物の中へと足を進めていった。

建物の中には長机がいくつも設置してあり、奥では料理人達が忙しそうに腕を奮っている。そこへ私達に気づいた若い騎士が「殿下‼　食事っすか？」と声をかけてきた。

「あぁ、個室、空いてる？　彼女とゆっくり話しながら食べたくて」

「あ、はい‼　空いてますよ‼　こちらへどうぞっす‼」

そう言って若い騎士は私達を奥の方の扉へと案内した。

扉を開けると、少し広めの客間のような空間が広がっていた。

丸テーブルと二脚の椅子が置かれているだけだけれど、それらも作りがしっかりしていて、デザインも上品なものだし、床を彩る赤いカーペットも上質そうな質感をしていて、この部屋自体、地位が高い人の使う場所だということを察するには十分だった。

「クロード殿下、二人っきりだからって、変なことしちゃダメっすよ‼」

揶揄《からか》うようにニヤリと笑った若い騎士に、私が反論しようと口を開こうとすると、

「しないよ。俺紳士だし、我慢強い方だから。それに、どっちかというと、されちゃう方かも。

……ね？　リゼさん？」

こちらにニンマリと意地の悪い顔を向ける殿下。

途端に若い騎士は「ぁ……え、そういう……⁉　じゃ、じゃあ、ごゆっくりぃぃぃいい‼」と顔を赤くして部屋から出ていってしまった。

「ご……っ、誤解よ⁉　ちょ、ま、待っ──……」

私、リゼリア・カスタローネ。

元公爵令嬢。

隣国フルティアにて、痴女認定されたようです。

2イケメン騎士の命、拾いました

――私達は今、丸テーブルを囲んで出された食事を存分に堪能している。

「んむっ‼　おいひい‼」

エビフライ、というものを初めて食べた私は、ただひたすら感動に震えた。

何このプリップリの食感‼

サクップリッジュワッ‼

この三つが繰り返し口の中に訪れる。

「ハフハフです……‼」

うっとりとエビフライを頬張りながら思わずこぼすと、目の前で「ふふっ」と頬杖《ほおづえ》をついて私を見つめる存在に気づく。

「可愛《かわい》いなぁリゼさん」

とろけるような笑みを浮かべる殿下の反応に、私の頬には一気に熱が集まる。

「なっ⁉　み、見ないでください殿下‼」

「ごめんごめん。でも殿下はやめて。クロードさんのままでいいよ。あ、クロードって呼び捨てにしてくれてもいいから」

「ですが――」

「お願い。貴女の前では、ただのクロードでいたいんだ」

あまりに真剣な瞳《ひとみ》に、私は「わかりました」と渋々頷《うなず》くしかなかった。

「ん、ありがと」

満足げに頷くクロードさん。

「で、リゼさんについて聞いてもいい？　俺が言うのもなんだけど、なんであんなところに？」

真っ直ぐに向けられる視線。

逃げられない。

目を逸《そ》らしたいのに逸らすことができない。

これが王族の威厳なんだろうか。

あの元婚約者にはそんなものなかったけれど……。

「それは――」

私は昨日起こったことを一つずつ思い出しながら、ゆっくりと彼に語った。

きっと、誰かに聞いてほしかったんだと思う。次から次へと言葉がとめどなく溢《あふ》れて、自分では止められなくなっても、クロードさんは途中で遮ることなく最後まで黙って私の話を聞いてくれていた。

「――で、あなたに出会った、というわけなんです」

私が話し終わると、それまで黙っていたクロードさんが「ふむ……」と声を漏らした。

私はあらためて彼の顔を見る。眉《まゆ》を顰《ひそ》め、厳しそうな表情で机に肘《ひじ》をついて考えている姿に、少しだけ不安になってきた。

「……予想以上にひどいね。貴女の国の王太子は……。愚かすぎる」

長い沈黙の後、彼が口にしたのはラズロフ様への侮蔑《ぶべつ》。

そして同時に、席を立ち私の手を引くと、自身の腕の中へと閉じ込めた。

クロードさんの意外と鍛えられた胸にぴたりとくっつくと、途端に彼の爽《さわ》やかな柑橘《かんきつ》の匂いでいっぱいになる。

「クロードさん⁉　あ、あの、何を――っ」

「よくがんばったね、リゼさん」

「っ……‼」

そう言ってふんわりと微笑《ほほえ》んだ彼に、鼻の奥がツンとして、たちまち涙が溢れてきた。

「ふぐっ……うぅっ……」

「泣いたらいいよ。今までよく我慢していたね。俺の前では頑張らないで、リゼさん」

その言葉に、私の防波堤は決壊した。

「ふっ……うあぁぁぁぁぁぁあんっ‼　お父様とお母様なんて大嫌い‼　ラズロフのバカたれ‼　アメリアの性悪尻軽女《しりがる》‼　みんな……みんな大嫌い‼」

私の口からは令嬢らしからぬ罵《ののし》りの言葉が溢《あふ》れ出す。

きっとずっと我慢していたんだと思う。

今まで愛してくれていると思ってきた両親からの、手のひらを返したかのような罵倒《ばとう》。

良きパートナーであろうとあれだけ尽くしてきたにもかかわらず、元婚約者ラズロフ様の卑劣な裏切り。

それに甘やかされて育ってきたアメリアだけど、まさか双子の姉の婚約者とデキているなんて思わなかった。

あの日、今まで私が見てきたものは全て偽物だったのだとわかってから、私は私の世界がいかに脆く崩れやすいものでできていたかを知った。

それでも両親に言われた言葉、ラズロフ様からの追放宣言、元婚約者と妹の浮気。

どれも認めたくはなくて、元公爵令嬢としての矜持《きょうじ》を保っていたくて、私は泣くことを心の片隅で〝恥〟だとしていた。

今、それが全て流れていく。私の涙と一緒に。

私はたくさん泣いた。

それはもうひどい顔で。

でもそのおかげか、心なしか気持ちが軽くなったような気がする。

いつ以来だろう。

こんなに泣いたのは。

王妃教育が始まってからいつの間にか忘れていた、弱音を吐くということ。

クロードさんの前では王妃教育も形《かた》なしだ。


しばらくしてから泣き止《や》んで、落ち着いたら今度は羞恥心《しゅうちしん》が溢れ出してきた。

「あ、あの……ごめんなさい、急に……」

距離を取ろうと胸板を押し返すけれど、クロードさんは一向に私を離す気配がない。むしろさらに強い力で腕の中へと閉じ込められた。

「いいんだよ。好きな女の子の泣き顔なら、むしろご褒美だ」

——ん？

好きな……女の子？

「あの……」

「俺があの国にいたのはね、さっきの騎士が言っていたように、隣国で令嬢が王太子に婚約破棄されたって聞いたからなんだ。何せその令嬢は、俺の長年の想い人だったからね。いてもたってもいられなくて、間抜けなことに財布も持たずに、朝ごはんも食べずに出てきちゃったんだ」

婚約破棄？

想い人？

いいなぁ。婚約破棄されてもこんな素敵な人に見初めてもらえるだなんて。

「……その顔は分かってないね？」

むぅっと口を尖《とが》らせるクロードさん。イケメンは何してもイケメンだ。

「貴女《あなた》だよ、リゼさん。俺の想い人は」

「────は？」

突然の告白に思考がついていかない。

私は間抜けにも口をぽかんと開けたまま彼を見上げた。

「八年前、貿易の場について行って、城内で貴女とぶつかったその日に。一目惚《ひとめぼ》れだったんだ。初めての感情に戸惑って何も言えなくなっていた俺に、俺が他国で緊張していると勘違いした貴女は『大丈夫ですよ。怖いことは何もないです。もし怖いことがあっても、私が守って差し上げますから。だから、大丈夫です』って励ましてくれたんだ。一目惚れをして、その逞《たくま》しさと凛《りん》とした美しさに更に惚《ほ》れ直して、もうそれからは貴女のことしか考えられなくなった。でも、婚約を申し込もうにも、貴女はすでに王太子と婚約していたし……。それでも諦《あきら》めきれなくて、この歳までずっと貴女だけを想ってきた」

八年も前からずっと？

そんなバカな……。

いや、これは私に都合のいい妄想よ。婚約者を奪われたことで混乱した私の脳が起こしたただのお花畑フィルターよ。

あぁそうだわ、言うなればこれは〝アメリアとラズロフ様フィルター〟ね。うん、きっとそうだわ。

私がそう割り切ろうとしていると、頭上のクロードさんが「また変なこと考えてる」と苦笑いした。

「貴女があの馬鹿王太子に婚約破棄されたうえ追放されたと聞いてそっちに向かった俺は、すぐにカスタローネ公爵家の屋敷へ行ったんだけど、貴女の姿はなくて……。仕方なく帰って別の方法を探そうと思っていたところで、恥ずかしながら力尽きて、偶然か必然か、貴女に助けられた――ということだよ。ま、名前を聞くまでは倒れている俺を襲いに来た痴女かと思ったけど」

私の屋敷に？

あぁそうか。

早朝に神殿で身一つで追放されたから、屋敷には帰っていないのよね。

昨日は私とアメリアの誕生日。きっと用意されていた、私に渡されるはずだったプレゼントやお料理は全てもう一人の主役である妹のものになっているわね。

「ご理解いただけたかな？」

頭上でにっこりと笑うクロードさん。

何この余裕の笑み。

「り、理解は、まぁ……」

「ならよかった……」

一瞬だけその余裕の笑みが崩れて、心の底から安堵《あんど》したような表情でこぼした彼の、意外と人間らしい姿に思わず頬が緩む。

「貴女はあんなことがあった後でまだ落ち着かないだろうから、俺の想い云々《うんぬん》は気にしないでくれたらいいよ。俺は俺で好きに愛《め》でるから」

好きに愛でる⁉

クロードさんのさらっと飛び出した発言に、勢いよく身体を離す私。油断していたのかクロードさんの腕は今度は簡単に弾《はじ》かれ、ようやく私は解放された。

「あはは‼　そんなに警戒しなくても、取って食いはしないから。これからよろしくね、リゼさん」

そう言って私の手を取って口付けたクロードさんには、多分私は一生敵《かな》わないんだろうなと心の中で降参の白旗を振った――その時だった。

「――、――‼」

「――‼」

廊下の方が騒がしくなってきて、私達はその騒がしさに顔を見合わせる。

「どうした？」

廊下へと顔を出し状況を確認するクロードさんの背について、私も様子を窺《うかが》う。

するとすぐに一人の騎士が、クロードさんに気付いて足を止めた。

「クロード殿下‼　実は、ダグリス隊長が……ダグリス隊長が、魔物討伐に出かけた折、部下を庇《かば》って負傷し、重傷の状態で運び込まれて──‼」

それを聞いた瞬間、クロードさんの顔色がサッと変わった。

「ジェイドが……重傷、だと⁉」

ひどく動揺した様子のクロードさんに、私は「ジェイドさん、ですか？」と聞き返す。

「あ、あぁ……、俺の剣の師でもあり、兄のような存在でもある男だよ……。まさかあのジェイドが……。──リゼさん。少し様子を見てきてもいいかな？」

深刻そうに顔を歪《ゆが》めるクロードさん。先ほどまでの余裕のあるクロードさんとは全く違う様子に、彼の中でジェイドさんという人がどのような位置にいるのかが窺い知れる。

顔だけ聖女の私に何かできるわけじゃないかもしれないけれど、クロードさんのそばにいたい。

私が、心を受け止めてもらったみたいに、私もクロードさんの心を受け止めたい。

「私もご一緒します」

「だけど──」

「何かの役には立つかもしれませんし‼」

【たくあん錬成】スキルしか能がない私だけど……。

「……わかった。君、――ジェイドのもとへ案内してくれ」

「はい‼」

騎士が先導し、私はほつれ汚れてしまった長いドレスの裾《すそ》をたくし上げて、クロードさんと一緒にジェイドさんが運び込まれた場所へ走った。


――食堂を出てすぐの建物に入り、辿《たど》り着《つ》いたのは白いベッドが一定の間隔でずらりと並んだ医務室。一台ずつカーテンで仕切られるようになってはいるけれど、今は一つしかベッドが使われていないからか、全て開放されている。

一番奥の、複数の騎士が囲むベッドへと駆け寄る私達。

「ジェイド‼」

焦ったようなクロードさんの声に、騎士達がこちらに視線を向け「殿下だ……‼」と彼に道を空けていく。

騎士達の間を抜けて前へと進み出ると、そこには胸元を包帯で覆った男性が息も絶え絶えに横たわっていた。包帯にはうっすらと血が滲《にじ》み、それが出血の多さを物語っている。

彼がジェイドさんなのだろう。

何も手の施しようがない。見ただけでそれがわかるほどに、彼の傷は広範囲で深いものだった。

「でん……か……」

ジェイドさんがクロードさんに気づくと、薄く目を開けて震える口を開いた。端整な顔には汗と血が混ざり合っていて、とても苦しそうに歪められている。

「ジェイド、死ぬな‼」

「殿……下。はは……っ殿下の焦った……顔っ……。久しぶりに……見ました……っぐぅっ……‼」

掠《かす》れた声で冗談を返しながらも痛みに耐える姿に、思わず目を背けたくなる。

でもだめだ。

クロードさんのそばについていないと。

きちんと、逃げずにそばにいないと。

私はその光景の痛々しさに歯を噛《か》み締《し》めながら、ことの成り行きを見守る。

「隊長‼　冗談言ってないで早く治してくださいよ‼」

そう叫びながら私達の間に入ってジェイドさんに駆け寄ったのは、ウェーブのかかった空色の髪をした、騎士服姿の——女性。

青色の瞳《ひとみ》にいっぱいの涙を浮かべた女性は、悔しそうに顔を歪ませてジェイドさんを見下ろす。

「落ち着けエレン」

「でも殿下……‼」

エレンと呼ばれた女性はぐっと両手を強く握り、唇を噛んで言葉を呑《の》み込む。

「エレン……っ、あとは、頼む」

苦しげな言葉の後、ふとジェイドさんの緑色の綺麗《きれい》な目が私を捉《とら》えた。

「その方……は？　……まさか……拗《こじ》らせすぎて……っ、……ついに、攫《さら》いました……か？」

クロードさんの想いってこの国の共通認識なの⁉

「違う‼　合法的に連れてきたんだ‼　お前にもゆっくり紹介したい。だから……死ぬなジェイド‼」

必死の形相で声をかけるクロードさんに、ジェイドさんは薄く笑ってから、今度は私に向けて口を開いた。

「令嬢……っ、どうか……殿下を、ぐっ……‼　殿下を……頼みます……‼」

そんな遺言のような言葉を、掠れた声で紡ぎ出す。

「殿下……お幸せ……に……」

息も絶え絶えにそう口にしたのを最後に、彼の瞼《まぶた》は静かに閉じられた。

途端に医師達が慌ただしく動き出し、ベッドの周りが騒がしくなる。

「そんな……‼」

「ダグリス隊長‼」

騎士達の悲痛な声が響いて、クロードさんの腕が力なく下ろされた。

クロードさんの顔は俯《うつむ》いていてよく見えないけれど、必死に涙を堪《こら》えようとしているんだろう。肩が小刻みに震えている。

そんな……こんなこと……。

視線を目の前で横たわるジェイドさんへと移すと、私はあることに気がついた。

喉《のど》が、動いた——まだ僅《わず》かに、息がある……‼

そうだ意識を……意識をとりあえず回復させないと‼

でもどうすればいいの？

あぁ、私に〝聖属性〟のスキルが出て、聖女としての力があったなら——。

——ん？

スキル——？

……そうだ……これなら‼

一つの可能性に思い至った私は、すぐさま口を大きく開き、声をあげる。

「【たくあん錬成】‼」

「⁉ リゼさん、何を⁉」

私は声をあげるクロードさんに反応することなく、手のひらにポンッと現れた黄色く長い〝たくあん〟を、ずいっとジェイドさんの整った鼻先へとくっつけた。

ピクリ——。

眉《まゆ》がわずかに反応を示す。

よし、反応がある‼

それなら――……

「起きてぇぇぇぇぇぇぇぇぇぇぇぇえっ‼」

私は最終手段として、周りが騒然となるのも気にすることなく、その〝たくあん〟を彼の口の中へと突っ込み、顎《あご》を掴《つか》んで強制的に咀嚼《そしゃく》させるという暴挙に出た。

我ながらかなりの強硬手段だとは思う。

でもこうすればなんとかなる。漠然とそんな気がしたのだ。

しばらく強制咀嚼を繰り返させ、そして――。

「うぁぁぁぁぁぁぁぁああ⁉」

大きな叫び声をあげて飛び起きたのは、先ほどまで青白い顔をして横たわっていたジェイドさん。

「ジェイド⁉」

「な、何が……‼　っ……痛みがない……？　私は……生きているのか？」

何が起きたのかわからない様子で、目をパチパチさせながらジェイドさんが確かめるように自身の胸部に触れる。

うそ……助かった、みたい。

よかったぁ……。

「ジェイド、どこか痛みは⁉」

「あ、いえ……痛みが……引いていまして……」

口に残った〝たくあん〟の残りをポリポリと咀嚼しながら、不思議そうな表情で傷のあった胸を摩《さす》るジェイドさん。すぐに医師達が彼の包帯を外して、じっくりと傷口の確認をしていく。

「すごい……傷が塞《ふさ》がっている……」

医師の一人が呟《つぶや》いた。

彼のちょうど心臓あたりには大きな傷痕《きずあと》のみが生々しく存在している。血の痕があるということは、さっきまでここから血が流れていたのだろう。

それがしっかりと塞がっているのだ。

え……まさか……このたくあんが？

いやいやいやいや……え？　本当に？

意識が戻ればと思って突っ込んでみたものの、傷まで塞がるなんて……。

「本当だ……。触るとまだ少し痛みますが塞がっている……ようです」

曖昧《あいまい》な返答をしながらも、はは、と笑ってみせるジェイドさん。

「あぁ……ジェイド……っ‼　本当によかった……‼」

「隊長ぉぉぉ‼　良かったぁぁあ……‼」

涙を浮かべながらも安堵《あんど》の笑みを浮かべるクロードさんとエレンさんに、私も一緒に安堵する。

「隊長が……隊長が目覚めたぞぉぉぉ‼」

誰かが声をあげて、医務室は騎士達の歓声に満ちた。

ひとしきりクロードさんや医師達が歓喜に震え、喜びあう声がおさまってくると、ジェイドさんはあらためて私の方を見てから、ベッド上から頭を深く下げた。

「ご令嬢……‼　あなたのおかげでもう一度この目で彼らを見ることができ、話すことができました。本当に……本当にありがとうございました‼　もしやあなたは聖女様、なのでしょうか？」

ジェイドさんの言葉に、騎士達の驚きと好奇に満ちた視線が集まる。

「え……えっと……んと……」

聖女になり損ねた、なんちゃって聖女です。

顔だけ聖女とも言われました。

――なんて、口が裂けても言えない……‼

私が言葉に詰まっていると、ほんのりと柑橘《かんきつ》系の香りを広げながら隣から大きな手が私の肩を抱いた。

「ジェイド。この人は俺の大切な女性だよ。減るといけないからあまり見ないでくれるかな？　君達も、ジェイドが無事だと分かったんだ。早く上に報告して、持ち場に戻るように。あぁそれと、今起こったことは他言無用だ。これは王族としての言葉と思え」

テキパキと指示を出していくクロードさんの視線が、一瞬私のそれと交わって、彼はまるで私を安心させるかのようにニコリと微笑《ほほえ》んだ。

クロードさんの指示により、後ろ髪をひかれながらも部屋を出て行った騎士と医師の皆さん。

するると、退出しかけたところで先ほどの空色の髪の女性騎士エレンさんが、私の方へ駆け寄り、頭を深く下げた。

「隊長の命を救ってくださって、ありがとうございます。可愛《かわい》らしい聖女様」

「聖女だなんて、そんな」

「殿下、この可愛らしい聖女様に何かお困りごとがありましたら、私におっしゃってくださいね‼　このエレン・グレンフィールド、必ずやお力になってみせますから‼」

「あぁ、その時はよろしく頼むよ」

私が否定する間も無く矢継ぎ早に言葉が繰り出され話が進むと、エレンさんは満足げに頷《うなず》き「聖女様、また改めてお礼に伺います。今日はこれで失礼します」と私に言って部屋を後にした。

「あ、あの……一体……」

「驚いた？　エレンは義理堅い奴《やつ》だけどせっかちというか、人の話を聞かなくて。まぁまた会うこともあるだろうし、その時は相手してあげて」

「はぁ……」

すごい勢いだったな。

にしてもあの胸元とお尻《しり》が張り裂けんばかりのナイスバディ。

色気のあるセクシーボイス……。

羨《うらや》ましい。ほんと。

「――さて。さっきの『聖女かどうか』って質問だけど、俺にも、そしてリゼさんにもよくわからない、という回答が正しいと思うよ」

急に真剣な表情で話し出したクロードさんに、ジェイドさんが息を呑む。

「そうだよね、リゼさん？」

「はい。確かに聖女が出ると言われた年に生まれましたし、最も有力な聖女候補として昨日まで生きてきましたが、昨日のスキル検査で出たのはこの――」

ポンッ――‼

弾けるような音とともに、黄色くつやつやとした〝たくあん〟が現れる。

「――【たくあん錬成】スキルでした」

だから私は追放された。

聖女じゃなかったから。

カリッポリポリ……。

「多分この〝たくあん〟こそが、【光魔法】の治癒の力を持ってるんじゃないかな？」

私の手に握られた〝たくあん〟を引き寄せポリポリと齧《かじ》りながら、クロードさんが推察する。何勝手に食べてるのこの人。

「【光魔法】を……？」

そんなばかな。

こんな強烈な匂いなのに？

「俺達昨夜《ゆうべ》、これを食べて元気になっただろう？　そして今はジェイドの怪我が治った。〝聖属性〟の魔法、【光魔法】だと考えるのが妥当……じゃないかな？」

確かに、ヒールで歩き続けて痛めた私の足も、これを食べてから綺麗に痛みがなくなっていた。

でも〝聖属性〟って……【光魔法】って、もっと綺麗な光を放つ神聖な魔法じゃ……？

誰が思うだろう。

こんな黄色くて強い匂いを放つ、得体の知れないものに聖なる力が宿っているだなんて。

「ただ、これはまだ推測に過ぎない。公表して変に騒ぎ立てられて困るのはリゼさんだ。今は俺達の胸の中だけに留《とど》めておこう」

神妙な面持ちで声を低くして言うクロードさんに、私も、そしてジェイドさんも深く頷いた。

聖なる〝たくあん〟の件については一旦《いったん》話がつくと、ジェイドさんの声で次の話題へと移ることになる。

「で——……」

「で？」

「お二人はどういう関係で？　殿下が連れているということは、この方が例のご令嬢ですよね？」

チラリと私を見てから首を傾《かし》げるジェイドさん。

「例の令嬢って？」

私は恐る恐る尋ねてみる。嫌な予感しかしない。

「あぁ、殿下の初恋拗《こじ》らせ物語は、我が国では有名でして。なんでも昔、他国の令嬢に一目惚《ひとめぼ》れをしたものの、その方には婚約者がいて……、それでも諦《あきら》められず、未だにどんな女性の誘いも断っているという――」

まさかの国中での有名物語⁉

その令嬢が私――なのよね？

先ほどのクロードさんとの会話を思い出すだけで顔が火照《ほて》ってくる。

「それでも一応我が国の第二王子ですからね。聖騎士になったとはいえ、婚約者ぐらいは……、と王も王妃も王太子殿下までもがおっしゃっているのですが、この方は一切取り合わないのですよ。頑なに拒み続けて。だからもう皆ほぼ諦めていたのです。殿下の婚約は」

やれやれ、と苦笑しながら教えてくれたジェイドさんに、「お前ねぇ……言うなよ」と恨めしそうにジトッと睨《にら》むクロードさん。本当に気の置けない仲なんだなぁ。

「昨日その令嬢が、婚約者に婚約破棄をされ、しかも追放されたとの情報が朝早くに入りましてね。それを聞くや否や、矢のように飛び出して行ってしまったのですよ、この方は」

あぁ……。呆《あき》れられている。

なんだかすごく罪悪感。

いや、私のせいではないんだけれど。

「あーもう‼　そうだよ‼　この子が俺の唯一‼　俺の可愛いリゼさんだよ‼　ったく、みんなして余計な情報を晒《さら》して……」

顔を赤くして自棄《やけ》を起こすクロードさんがなんだか可愛らしくて、自然に笑みが溢《こぼ》れる。

そんなにも想ってもらえる私は、幸せ者なのかもしれない。今はまだ、これからのことに精一杯で向き合うことはできないけれど、いずれ必ず、真剣に向き合わねばと思う。

「あらためまして、私はリゼリア・カスタローネ元公爵令嬢。今はただのリゼです。よろしくお願いします」

私はにっこり笑って、カーテシーではなく、少しだけ頭を下げる。

「私はジェイド・ダグリス。騎士団の第一部隊・隊長をしております。この度は助けていただきありがとうございました」

爽《さわ》やかな笑顔のトッピングに目がやられそうになる……‼

クロードさんも美形だけれど、ジェイドさんもとても整った顔をしている。

金色の長い髪を一つに束ねて、目は綺麗《きれい》な緑色。

どこの王族よ⁉　というようなキラキラした美しさだけれど、とても気やすい雰囲気を醸し出している分、話しやすそうだ。

「リゼさん、あまり見ちゃダメだよ、リゼさんが汚れちゃうよ？」

言いながら私の目を手で塞ぐクロードさん。

一瞬にして視界が暗闇に変わる。

「おや、いっちょまえに嫉妬《しっと》ですか？」

揶揄《からか》うように言うジェイドさんに「うるさい」とふて腐れたように返すクロードさんの声が耳に届く。

「くくっ。お二人はこれからどうなさるおつもりで？」

ジェイドさんがたずねて、私の目を覆っていた手を下ろすとクロードさんは「王都に行くところだよ」と答えた。

「王都で、彼女の居場所を作る。腹ごしらえも済んだし、ジェイドも元気みたいだし、俺達はこのまま行っちゃおうか。いつまでもここにいたら、またいらないことをリゼさんに吹き込まれそうだし」

「ふふっ。はい。引き続きよろしくお願いします」

差し出された手に、私は自然と手を添える。

その様子を見たジェイドさんが、少しだけ呆気《あっけ》にとられたかのように目を丸くしてから「なるほど。この八年も無駄じゃなかったか」とつぶやいた。

そんなジェイドさんに、クロードさんはゴホンッと咳払《せきばら》いをしてから口を開く。

「じゃ、俺達は行くから。ジェイドも無理はしないように」

そう言って踵《きびす》を返した刹那《せつな》――。

「お待ちください、殿下」

ジェイドさんの低い声が止めた。

「ん？　どうした？」

「私も行きます」

言いながらベッドからゆっくりと降りるジェイドさん。

「は？　いや怪我人……」

「リゼ殿のおかげで、傷口を叩《たた》いたりしない限りは大丈夫そうなので、私がお二人を王都までお連れしましょう。騎士団本部に魔物退治の報告にも行きたいですし。馬車を用意しますので、お待ちください」

そう言ってジェイドさんは、こちらが口を挟む間も無くベッド脇の上着を取りブーツを履くと、さっさと医務室から出て行ってしまった。

「……クロードさん、ジェイドさんって……」

「ごめんね、リゼさん。あいつもエレンと同じで、せっかちなんだ」


ガタンゴトンと揺れる身体。流れる町並み。

「大丈夫？　リゼさん。騎士団の馬車だから少し小さめだけど、窮屈じゃない？」

私達は今、ジェイドさんが用意してくれた馬車に揺られている。ジェイドさんは外で御者をしてくれているので、馬車の中にはクロードさんと私、二人きり。

あれからすぐに馬車を手配してきたジェイドさんは、私達に王都まで送るからこれに乗るようにと勧めた。ジェイドさんは見た目はどこかの貴族のように気品があって、落ち着いた大人の男性という雰囲気だけど、その実とても行動力があり、頑固な方のようだ。

「はい、平気です。馬車まで用意していただけるなんて、ジェイドさんに何かお礼をしなくては」

「ははは。リゼさんは律儀だなぁ。良いんだよ、そんなの。これはジェイドにとって、命を救ってくれた貴女《あなた》へのお礼でもあるんだから」

声をあげて笑いながらクロードさんが少しだけ前のめりになる。

「それより、ジェイドのことばっかり気にされたら、俺、妬《や》いちゃうよ？」

ただでさえ小さめの馬車で距離が近いのにさらに距離を詰めてからのこの発言。

慣れてる……‼　この人、慣れてるんだわ‼

いやでも、まぁそうよね。こんなに綺麗なお顔なんだもの。

しかも聖騎士で第二王子とか優良物件すぎるし。そりゃ女の人の一人や二人や三人や四人、同時進行で付き合ったりしちゃってるわよね。

あぁそうよ。男ってそんなもんよ。

婚約者の裏切りを経験した私は今、とてつもなく男性不信になっている。

私がまた脳内でやさぐれながら暴走していると――。

ギシッ――……。

さっきまで目の前に座っていたクロードさんが私の隣へ移動して、さらに距離が近くなった。

「っ⁉」

「リゼさん、また一人で暴走してるね？　大体どんなことを考えてるのか、リゼさんの顔を見たらわかるよ」

ふふっと笑いながらクロードさんは続けた。

「俺、今まで誰とも付き合ってないよ」

耳元で静かに囁《ささや》かれるその言葉に、私は驚いて思わず隣の彼を見る。

「っ――‼」

思ったよりも近い場所にクロードさんの顔があって、どきりと鼓動が跳ねた。

「確かに婚約話はたくさんあったし、御令嬢からのアタックも激しかったけど――、誰の誘いにも乗ってない。必要以上に触れたりもしてない。じゃなきゃ、俺が令嬢連れてるだけでこんなに騒がれないよ」

確かに、私を連れているのを見た時の騎士達の反応は皆同じだった。

まるで信じられないものを見ているかのように、彼らは皆一様に目を大きく見開いて驚きの表情を浮かべていた。

「無理強いはしないけど、俺の初めては全部貴女であってほしいんだよ。デートするのも、キスをするのも、その先も――ね」

色気が‼　色気がダダ漏れですクロードさん‼

顔から火が出そうとはこのこと。今自分がどんな顔色をしているのか、見なくてもわかる。

私が両手で顔を覆うと、クロードさんはまた私の耳元へと唇を寄せた。

「リゼさん、俺、リゼさんに襲われるなら本望だからね？」

「っ⁉　お……襲いませんからぁぁぁぁぁあああ‼」

私の声が馬車の中で響いたその時だった。

ガダダダダッ――‼

「リゼさん‼」

「きゃあっ‼」

大きな音とともにおとずれた停車の衝撃でバランスを崩した身体を、クロードさんがとっさに支えてくれたおかげで倒れることは免れた。

「ありがとうございます、クロードさん」

「ううん。無事でよかった。それにしても一体何が……」

クロードさんが様子を見ようと座席から腰を上げかけると、外から「殿下‼　ご無事ですか⁉」

とジェイドさんの声が届いた。

「魔物です。殿下達はそこでお待ちください。すぐに片付けます」

至って冷静な声色だけれど、今魔物って言った⁉

さっきまで瀕死《ひんし》の状態だったのに、大丈夫なのだろうか。

私の不安を感じたのか、クロードさんは私の頭をそっと撫《な》でてから微笑《ほほえ》みかける。

「大丈夫だよ、リゼさん。不安なら見に行ってみようか？」

そばにいた方が状況もわかりやすいし、加勢しやすいだろう。

私がクロードさんの言葉に頷《うなず》くと、クロードさんはまた優しく微笑みかけてから私の手を引いて外へ出た。


「殿下⁉　何故《なぜ》出てきたんですか‼」

「リゼさんが不安そうにしてたからね。ジェイドの強さを見せて安心させてあげようと思って。あと、もしジェイドがまた怪我《けが》をしたら、またリゼさんに〝たくあん〟突っ込んでもらわなきゃいけないからね。本音を言うとあの絵面《えづら》がもう一回見たい」

「あんたって人は……」

呆れたようにジェイドさんが頭を抱える。

馬車から外に出た私が目にしたのは、こちらに背を向け大剣を構えるジェイドさん。

そして彼と対峙《たいじ》するのは、大きな大きな——腐った緑色をしたトロール……。

きちんと道も舗装もされているとはいえ、ここはまだ町から離れた平野。

魔物除けの魔法が効き及ばない場所なのだろう。

魔物除けの魔法がかかった王家の馬車以外で国から出ることのなかった私にとって、昨夜の魔犬もそうだけれど、魔物というものは本の中の知識でしかなかった。

それが次々と目の前に現れるなんて。

自分がどれだけ狭い世界で生きてきたのかがわかる。

「クロードさん、ジェイドさん一人じゃまた……‼」

「大丈夫だよ。見てて。ジェイドは強いから」

真っ直《す》ぐにジェイドさんに視線を向けたままのクロードさんに、私も同じようにジェイドさんの背中を見守る。

「グオォォォォォオ‼」

野太い唸《うな》り声を上げながらトロールがジェイドさんに向かっていく。

ドシン、ドシン、ドシン。

その巨体が大きく揺れながら足を進めるたびに、地は鳴り、私の身体も大きく跳ね、そんな私の肩をクロードさんがさりげなく抱いて、揺れから守ってくれた。

「グオォォォォォオオ‼」

今まさに振り上げた分厚い棍棒《こんぼう》をジェイドさん目掛けて振り下ろそうとしたその時。

「のろい、ですね」

タンッ、と地を蹴《け》り跳び上がったジェイドさんは、太い棍棒の上へ一度足をつくと、その長身の半丈程もある大剣を振り上げ、右から斜め下に目の前のトロールの首元目掛けて振り下ろした
――‼

「グオォォォォオオオオオオオオオオ‼」

叫び声をあげ、切り込まれた首から緑色のどろりとした血を流しながら、トロールの身体は傾き、そして大きな地響きと共に地面へと倒れた。

「うそ……」

あの巨体を、一撃で？

魔犬を倒したクロードさんも鮮やかな戦いっぷりだったけれど、ジェイドさんの強さも負けていない。

「すごいだろう？　こいつに敵《かな》うやつはそういないよ。部下を庇《かば》いでもしない限りは、怪我とかしないだろうしね」

そういえば、さっきの傷は部下を庇って怪我をしたのだと言っていた。

こんな強い人がいるなんて……。フルティア、恐るべし。

「御前を汚し、失礼いたしました。リゼ殿、大丈夫ですか？」

「え、えぇ。大丈夫、です。ありがとうございます、ジェイドさん」

ジェイドさんは「いえ、これが仕事ですから」と言うと、剥《む》き出《だ》しになっていた大剣を背中の剣帯に納めた。

「殿下、馬車に魔除けを施していただけますか？」

「あぁ、そうだな。これ以上リゼさんの中のお前の株を上げたくはないし」

不貞腐《ふてくさ》れたように見せながらもそう言うと、クロードさんは馬車を丸ごと包むくらいに大きな円を宙に描き、馬車に魔除けの魔法を施した。

「これで安心して王都まで行けるよ。さ、リゼさん、おいで」

そう言って私に手を差し出すクロードさんに「ちょっと待っててください」と言うと、私はジェイドさんが御者席に乗り込もうとするところを引き止めた。

「【たくあん錬成】‼」

私は魔力の流れを調整しながらスキルを発動し〝たくあん〟を出現させると、出てきた少し小ぶりのそれをジェイドさんに差し出した。

「よかったら途中で食べてください」

中央部にある王都までノンストップで走り続けるのだ。病み上がりで戦って、体力がなくなってしまってはいけない。

どうやら流す魔力量の調整で〝たくあん〟の大きさは自在に変えられるようだし、この小ぶりのものならば手綱を握っていても食べやすいだろう。

「ありがとうございます。リゼ殿の〝たくあん〟があれば、夕刻までには辿《たど》り着《つ》けそうです」

そう爽《さわ》やかな笑顔で言ったジェイドさんは、やっぱり天然人タラシなのだろうと思う。

＊＊＊

「ここだよ」

「ここは――」

ジェイドさんの言っていた通り、国の端っこから中央の王都へ、夕刻までにたどり着いてしまった。

賑《にぎ》やかな市場を抜けて連れてこられたのは、フルティア王国、王都ドリアネスにある大きな真っ白い石造りの神殿。

あ、あれか。お前とりあえず神殿直轄の修道院に入ってろってやつですね？

うん、そんなことだろうと思った。追放されてこんな美形の第二王子殿下に出会ったうえ、そんな旨《うま》い話、あるわけないものね。

「……何かまた脳内で暴走してる？　貴女《あなた》の思ってることは多分違うよ」

笑いを堪《こら》えながらクロードさんは私の手を引いて馬車から降りた。

「では殿下。私はこれで」

ジェイドさんが騎士の礼の姿勢をとる。

「あぁ。ありがとう、ジェイド」

「いえ、それは私のセリフです。リゼ殿にお会いできたおかげで、命を拾っていただけたのですから。リゼ殿。殿下に何かされたら、私に言ってくださいね。すぐに駆けつけますので」

ジェイドさんは冗談めかしてそう言うと、目を細めて薄く笑い、私の手の甲へと小さなリップ音を立てて口付けた。

「んなっ⁉」

「ジェイド‼」

「ハハッ。ではお二人とも、また会う日までお元気で」

爽やかにそう言うと、ジェイドさんは馬に乗り、そのまま騎士団本部へと走っていった。本当……爽やかな嵐だったな。

「まったく、油断も隙もない」

ぷりぷりと不貞腐れながら彼の後ろ姿を睨《にら》みつけるクロードさん。彼の常に余裕のある雰囲気もジェイドさんの前ではまるで子どものように崩れて、少し可愛《かわい》い。

そんなことを考えていると私の頭の中に気づいたらしいクロードさんがむくれっ面で「子どもっぽいって思ってるでしょ」と私に顔をずいっと近づけた。

近い近い近い‼

綺麗《きれい》なお顔がすぐ間近に迫った私は話題を変えようと口を開いた。

「は、はは……。あ、あの、クロードさん。それで、ここは？」

「あぁ、この国の神殿だよ。貴女には、この神殿の隣の食堂で働いてもらおうと思ってね」

そう言って、目の前の大きな神殿横の、緑の蔦《つた》や植物が所々に生え絡まる、木造の落ち着いた雰囲気の建物へと視線を移した。

「食堂？」

「うん。一般の人も入れるけど、主に神殿で働く人がここでごはんを食べていくね。あとは神殿に併設されている孤児院の子ども達の食事を作って持っていったり、だね。結構やることがあるのに、今一人で切り盛りしていてね。人手が欲しいってうるさかったんだ」

クロードさんが私の手を引いて、食堂の大きな扉の前へと誘導する。

扉には看板がかかっていて、それには【仕込み中】の文字が――。

にもかかわらずクロードさんはそれを無視して「お邪魔するよー」と声をあげ、大きな扉を勢いよく開いた。

すると――。

「ちょぉぉぉぉぉっとぉ‼　表の看板見えなかったの⁉　ディナータイムまでもうちょっとあるんだから、大人しく待ってなさいよぉぉぉぉぉ‼」

バリトンボイスは確実に男性のものなのに、それとはおよそかけ離れた口調で声が飛んでくる。

何この不協和音。

「忙しい時間に悪いね、クラウス」

悪いと思っていないような声色でクロードさんが声をかける。私が恐る恐るクロードさんの肩越しに中の様子を覗《のぞ》いてみると――。

「んもう‼　忙しいってわかってて来るなんてっ‼　あと一品……あと一品が勝負なのよぉぉぉぉぉ‼」

黒いサングラス。

口周りに黒い髭《ひげ》。

つるりと輝きを放つ頭。

なんとも厳つい大男がそこにいた――。

男が奥の厨房《ちゅうぼう》から腕を組んでこちらを見ている様子に私が固まっていると、クロードさんが笑いを堪えながら私の肩をポンと叩《たた》いた。

「大丈夫だよ、リゼさん。害はないから。……多分」

言いながら私の肩を抱き、ずいずいと大男の方へと進んでいく。

背の高いクロードさんよりも、もっともっと高く大きな男性の威圧感に、冷や汗が出てくる。

「クラウス、こちら、俺のリゼさん。ここで住み込みで働かせてもらうことになったから、よろし

くね。リゼさん、こっちはクラウス。ここで一人で食堂を切り盛りしてるんだ。強面だけど良《い》い奴だから、安心して」

そう言って私の右手とクラウスさんの右手をとると、がっちりと強制的に握手させた。

「よ、よろしくお願いします‼（だから殺さないで‼）」

心の声を隠しながら、私はクラウスさんに、王妃教育で培われた必殺ポーカーフェイスで涼しげな笑顔の仮面を被ると、にこやかに挨拶《あいさつ》をする。

けれどクラウスさんはそのままの状態で固まったまま動かない。

ん？

なんかまずった？

「はぁ……クラウス……」

呆《あき》れたようにクロードさんが彼の名を呼んだその瞬間――……。

「いやぁ～～～～‼　私好みの可愛い子じゃないのぉぉ‼　しかもここで働くですって⁉　大歓迎よ‼　人手が足りなくて困ってたのぉ‼」

堰《せき》を切ったように私の手を両手で握ってぶんぶん振りながら歓迎してくれるクラウスさん。思ってたのと違う。

「あ、あの、あらためまして、リゼです。どうぞよろしくお願いします‼」

「あらぁ。ご丁寧にどぉも。私はクララよ」

クララ？

でも確かクロードさんは、クラウスって……。

「食堂の妖精《ようせい》クララって言ったら、ここの看板娘なんだからね‼　覚えときなさい‼」

妖精？　看板娘？

どう見てもフリフリのエプロンを着た厳つい殿方にしか見えない……。

頭の中で若干失礼なことを考えながらも私は曖昧《あいまい》に笑みを返す。

「ごめんねリゼさん。クラウスは身体も大きくて風貌《ふうぼう》が強面だろう？　だから孤児院の子ども達を怖がらせないようにこの口調とエプロンでマイルドにしてるんだけど……。初めて見た人は驚くよね」

「え、えぇ。いや、大丈夫、です」

古い考えやしきたりを重んじて変化を嫌うベジタル王国では、性自認というものについて未だに差別的な見方があるぶん、男性が女性のような言葉を使ったりすることが異質であるという風潮がある。

さすがフルティアね。性自認云々関係なくとも、誰かを怖がらせないために女性のような言葉を使ったりする発想はなかったわ。

ベジタル王国も、こんなふうに自由な国にしたかった。

「それにしても殿下ったら‼　一昨日《おととい》の昼も夜も討伐に付いて行ってクタクタになって、ご飯も食べずに休んだってのに、昨日は朝からベジタル王国についての報告を聞いた途端に朝食も投げ出して令嬢を迎えにいっちゃったって、城の料理人がうちで泣いてたわよ？　ま、結果こんな可愛い子連れてきたんだから良しとするけど、ちゃんと食べなきゃ倒れるわよ‼」

朝だけじゃなかったんだ、食べなかったの。そりゃ倒れるわ。

聖女が生まれると言われた年に生まれた者達の検査とあって、全国的に注目されていた昨日のスキル検査。

早朝からベジタル王国の王侯貴族だけでなく、各国の諜報員《ちょうほういん》がベジタル王国の神殿に集まり、その行く末を見守っていたのだ。

諜報員は【通信】スキルを持ち、その場から報告する術《すべ》を持つという。おそらくフルティアの諜報員も、あの騒ぎのあとすぐにフルティア国王へ報告したのだろう。

その時がたまたま朝食時で、たまたまクロードさんがそばにいて、たまたまクロードさんが朝食前だった、といったところか。

「まぁまぁ、帰ったら厨房に顔出して謝っておくから、その話はいいだろう？　で、さっき一品がどうのって言ってたけど、何かあったのか？」

クロードさんが、掴《つか》まれたままの私の両手をスッと自然な流れでクラウスさんの手から解放しながらたずねる。

「そうなのよぉ。もう少しでディナータイムの開店だってのに、あと一品が思い浮かばないのよぉっ」

悔しげにフリフリエプロンの裾《すそ》をキーッと噛《か》みながら、彼が言う。

「ちょうどよかった。ならこれを出してみないか？」

そこまで言ってから、クロードさんは私をにっこりと笑って見下ろした。

「リゼさん、〝たくあん〟の錬成、お願い」

「はい？」

「いいからお願い」

有無を言わさぬ笑顔の圧。私は「【たくあん錬成】‼」と〝たくあん〟を生み出すと、クロードさんに遠慮がちに手渡す。

あぁ、やっぱりまだ慣れないわ、このニオイ。

「な、何これ。独特なニオイしてるわね」

少し眉《まゆ》を顰《ひそ》めながら驚くだけで、あまり嫌がる様子のないクラウスさん。やっぱり国の文化が違うとそれだけで嫌悪の認識も違うのね。

「まぁ騙《だま》されたと思って食べてみてよ」

「え、食べ物なの？　これ」

私から〝たくあん〟を受け取ったクロードさんがクラウスさんにそれを差し出すと、クラウスさんの顔が引き攣《つ》る。

「そうだよ。俺もリゼさんも、そしてジェイドも経験済みだから大丈夫だよ」

何その説得力のない『大丈夫』。

相変わらず爽《さわ》やかな笑顔で〃たくあん〃を差し出し続けるクロードさんの手から、ゆっくりとそれを受け取るクラウスさん。

「……」

あぁ、厳ついお顔がさらに厳つくなっている。

そして眉間《みけん》に皺《しわ》を寄せながらも口の中へとその黄色い物体を進めた。

カリッ……。

小さく音が鳴って、続けてボリボリボリ……とくぐもった音が聞こえ始める。私とクロードさんは、黙って咀嚼《そしやく》し続けるクラウスさんを息を呑《の》んで見守った。

カリッ……ボリボリボリボリ………。

「‼　何……これ……‼　最高じゃない‼」

最初は訝《いぶか》しげに眉を顰めながら咀嚼していたクラウスさんは、やがて感動した様子で一気に〃たくあん〃を口の中へと進めた。あっという間に〃たくあん〃は全てクラウスさんのお腹の中へと入って無くなってしまった。

「殿下、これ何？」

「リゼさんは【たくあん錬成】スキルを持っていてね。いつでもどこでもこのとっても美味《おい》しくてクセになる〝たくあん〟という食べ物を生み出すことができるんだ」

どうだ、すごいだろう？　とまるで自分のことのように誇らしげに語ってくれるクロードさん。

それを聞いたクラウスさんが再び私の両手をとる。

「もう一つ出して、これ」

ずいっとその厳つい顔を近づけられ、思わず顔をのけぞらせる。

「は、はいぃっ‼」

その顔の圧に恐れをなした私は、再び「【たくあん錬成】‼」と言って〝たくあん〟を生み出し、それをクラウスさんへと献上した。

「ありがとぉおう‼　これ切ったら立派な一品になるわぁぁぁぁあ‼　しかもタダ‼　しかも可愛《かわい》い‼　なっっんてお得な子なのぉぉ⁉」

圧が……‼

テンションが……‼

今まで周りにいなかったタイプで少しばかり戸惑う。

「ということで、リゼさんのこと、よろしくね。住み込みだから、あとで神殿の使っても良い部屋とか教えてあげて」

住み込み。

ああ、そうか。もうクロードさんと一緒にいられないのか。そう思うとたとえようのない寂しさ兄夫婦が私を襲う。

「……リゼさん、まーた暴走してるね？　俺、王位継承権を放棄するとは宣言してるけど、兄夫婦が子を生《な》すまではスペアの第二王子なんだ。だから今は城住まいで、朝と夜は城で食べてるんだけどさ……」

「？　はい、そうでしょうね」

継承権放棄宣言をしたとはいえ、王家の血を持つ彼は後継者が決まるまでは王太子夫妻に何かあった時のための保険、言い方は悪いがスペアである。

仮にも王太子妃になる予定だったから、その重要さはよくわかっているけれど、クロードさんが何が言いたいのか理解できず、私は首を傾《かし》げる。

曲がりなりにもこの方、第二王子殿下だものね。追放されて平民になった私とは住む世界が違う。

でも……またいつか、会えるといいなぁ……。

「うん、わかってない。リゼさん、俺、一応聖騎士でしょ？　聖騎士はどこの所属？」

「じゃあここはどこ？」

苦笑いしながら聞くクロードさんに、私は「神殿ですよね？」と当たり前のことを答える。

「……ぁ……」

気づいた。

職場の隣じゃん、ここ。

「気づいたみたいだね。俺はこの神殿所属だからさ、昼食も大体ここで食べてるんだよね」

「えっと……それじゃぁ……」

「言っただろう？　身体で払ってくれたらいいよって」

「あ――――……」

「これからもよろしくね、リゼさん♡」

そう言ってウインクした小悪魔聖騎士は、呆然《ぼうぜん》と立ち尽くす私を見て満足げに笑いながら、食堂を去っていくのだった……。

「ちょ、ちょっとぉ!?　身体ってどういうことぉぉぉぉぉぉ!?」

悲鳴をあげるクラウスさんの対応を、私に丸投げして――……。


【Ｓｉｄｅクロード】


あぁ……俺は夢を見ているんだろうか……。

初恋の女性が婚約者に婚約破棄されたうえ追放されたという報告を受けてすぐに城を飛び出した俺は、早馬を飛ばして隣国ベジタル王国へと向かった。

リゼリア・カスタローネ公爵令嬢。

幼い頃に一度だけ会って一目惚《ひとめぼ》れし、同時に失恋をした相手。

想うだけなら許されるだろうとこの歳まで彼女だけを想ってきたが、まさかこんなことになるとは……。

食事も摂《と》らずすぐに彼女の実家であるカスタローネ公爵家へ迎えに行ったけれど、彼女はいなかった。

なんでも、城から家に帰されることなくその場で追放されたのだとか……。

しかたなく一度フルティアに帰ろうと馬を走らせるも、連日の激務と食事をしばらくしていなかったことで無理が祟《たた》って倒れているうちに馬も逃げてしまった。

本当に、なさけない……。

そう思いながら意識を手放してどれくらい経ったのか、突然嗅いだことのない匂いを感じた俺は身の危険を感じて条件反射で飛び起きた。

すると目の前にいたのは――泥だらけのドレスをまとった、だけどとても美しい女性だった。

まさかとは思ったが、やっぱり彼女は俺の最愛の女性、リゼリア嬢で……。

彼女が神殿から歩いてこちらに来るよりも先に俺が早馬で帰ろうとしていたんだろう。

それなら直接神殿に行けばよかった……。

だが倒れたおかげで彼女にまた会えたんだ。

小さい頃に会って以来機会がなかったから、今の姿を知らなかったが……可愛すぎだろ、リゼさん……‼

「おーい、そろそろ戻ってきなさい」

「はっ……‼　クラウス」

脳内で昨日のリゼさんとの出会いを回想しているところに割って入ってきたクラウスがじっとりとした目で俺を見る。

その隣では神殿長が苦笑いをこぼしている。

ついリゼさんの可愛らしさを思い出して意識を持っていかれていたようだ。

「で？　私達を呼んだのはあの子について何かあるから、なんでしょう？　惚《ほう》けてないで、とっとと本題に入りなさい」

「あ、あぁ。そうだな。まず、彼女の素性だが……」

「リゼリア・カスタローネ。ベジタル王国の公爵令嬢で、ラズロフ王太子の元婚約者。んなこたわかってんのよ。問題は、何でリゼリア嬢がここにいんのってこと‼　追放された令嬢を追って矢のごとく、飛び出してったのは報告で聞いてたけど、まさか昨日の今日で連れ帰ってくるなんて思わないでしょ⁉」

相変わらず賑《にぎ》やかしい奴だな。

だが悪い人間ではないし、むしろ世話焼きで人懐こく、誰かのために人生をかけられるほど愛情深い彼にならなら、リゼさんを任せられる。

「行き倒れてたらリゼさんに拾われたんだよ。それはまさに、〝たくあん〟を持った愛らしい王子様のような――」

「自分の世界に帰っていくなー‼　ていうか何よ〝たくあん〟を持った王子様って⁉　そりゃ確かにあの〝たくあん〟って食べ物はすんごく美味しいわよ⁉　あんな食べ物初めてだし、食もお酒も進みそうで新メニューに加えたいくらい‼　しかもなんかよくわかんないけど食べると力が湧いてくるみたいだし――」

「そう‼　それだよ‼」

「いやどれよ」

「だから、それこそが俺が二人を城に呼んだ理由なんだ。実は、リゼさんとこの国に入ってすぐ、騎士団の詰め所に寄ったんだ。そしてそこに、瀕死《ひんし》の状態でジェイドが運ばれてきた」

「瀕死の⁉　ちょ、ジェイドは大丈夫なの⁉」

驚き、跳ねるように立ち上がったクラウスに、俺は頷《うなず》く。

「あぁ。――リゼさんが治したよ。〝たくあん〟で、ね」

「はぁ⁉　治した、って……いやいやいやいやいや‼　〝たくあん〟でって、どういうこと⁉　何そのファンタジー‼」

うん、良《い》い反応だ。

良い反応だがもう少し声を落としてほしい。

防音効果のある応接室とはいえ、城の誰に聞かれるかわからないのだから。

「リゼさんが瀕死のジェイドの口に〝たくあん〟を突っ込んだ。そしてジェイドがそれをかじると、深かった傷がみるみるうちに塞《ふさ》がっていった。さっきお前も言っていただろう？　〝たくあん〟を食べたら、力が湧いてくる――って。これはまだ憶測だが……あの〝たくあん〟には、聖なる力が宿ってる」

「‼　聖なる力って……じゃあ――‼」

「あぁ。ベジタル王国は……本物の聖女を追放してしまった可能性がある」

「なんと……」

嘆くようにそうこぼして頭を抱える神殿長に視線を向け、俺は静かに続ける。

「神殿長、あなたは強い鑑定スキルをお持ちだ。リゼさんの作った〝たくあん〟を鑑定し直してもらえないだろうか？」

ベジタル王国の神官の鑑定スキルでは〝たくあん〟が食べ物だということまでしかわからなかったのだろうが、神殿長のスキルの精度ならば隅々まで鑑定できるはずだ。

「わかりました。そのお役目、謹んでお受けいたしましょう」

神殿長が深く頭を下げ了承の意を示す。

「ふぅむ、なるほどねぇ……ってことは、私はあの子に危険が及ばないように見ておけ、ってことかしら？」

「それもあるが、クラウスにはもっと重要な頼みがある」

「重要な頼み？」

顎《あご》に手を添え首を傾げるクラウス。強面だがそんな仕草も妙に上品に見えるのは生まれのおかげなのか何なのか。

「あぁ。……リゼさんに、普通に接してあげてほしい」

「は？　どういうこと？」

「いつも通りのクラウスで、彼女の傍についていてやってほしいんだ」

リゼさんに今必要なのは、安心できる居場所だ。

長年傍にいた婚約者、それに妹や親にまで裏切られたリゼさん。

彼女の涙がまだ脳裏に焼き付いている。

あの神殿食堂で、リゼさんが少しでも心穏やかにいられること。

それが俺にとっての一番重要な目的だ。

クラウスは裏表ない性格で面倒見も良い。

人の裏の顔に触れすぎたリゼさんには、クラウスがいてくれるのが一番いいだろう。

「……なるほどね。わかったわ。引き受ける」

「ありが――」

「ただし‼　元公爵令嬢であっても、聖女であっても、特別扱いはしないわ。神殿食堂のために身を粉にして働いてもらうわよ!! 目指せ!! フルティア一の大人気食堂ぉぉぉぉおおお!!」

何やら一人で盛り上がってしまったが、まぁそれでいい。

リゼさんも特別扱いを望むことはないだろうしな。

「二人とも、突然すまないが、よろしく頼む」

そう頭を下げる俺に、「いいってことよ」とクラウスがウインクを飛ばし、神殿長が微笑《ほほえ》み頷いた。

これでとりあえず環境は整う。

明日から毎日リゼさんに会えるのだと思わず緩む口元を手で隠しながら、俺は窓の外の宵闇の空を見上げた。

どうか愛しい彼女の笑顔が、これ以上曇らぬよう――。

3 神殿食堂の看板娘は拾い物の名人です

「リゼちゃーん‼　こっち、たくポテ二人前‼」

「はーい‼」

　パタパタパタパタ……。

「リゼちゃんこっち、エビフライ‼　たくタル多めで‼」

「はいはーい‼」

　パタパタパタパタ……。

「リゼさんたくあん一本‼　ノースライスでお願いします‼」

「はいはいはーい‼」

　バタバタバタバタ……。

　ここにきて一ヶ月。

　今、食堂はランチタイムの忙しい時間帯になって、私も休む間もなく食堂スペースと厨房《ちゅうぼう》を行ったり来たりしている。

　最初は包丁の使い方も、火の起こし方もわからない、文字通り役立たずだった私に、クラウスさん――いや、クララさんは丁寧に一から教え込んでくれた。

そして通常のメニューに〝たくあん〟をプラスしてアレンジした料理が大好評になり、客足が絶えない。

ポテトサラダという、野菜を潰《つぶ》して味付けをし混ぜたものに、〝たくあん〟をさらに混ぜ込んだ〝たくあん〟ポテトサラダ――たくポテ。

私がこの国に来て初めて食べたエビフライにかけるソースに〝たくあん〟を刻んで混ぜた〝たくあん〟タルタルソース――たくタル。

通《つう》な常連は、〝たくあん〟を一本丸々ノースライス、つまり切らずに食べていく方もいる。

基本この食堂は、朝は神殿に併設されている孤児院と、神殿で働く人のみに解放され、昼と夜は一般にも解放されることになっている。

朝は二時間、昼は三時間、夜は四時間のみ開店していて、間の時間は仕込み中として閉店し、その僅《わず》かな時間にクララさんと賄いを食べ、大量に料理の仕込みをしているのだ。

毎日汗水垂らして働いて、公爵令嬢時代じゃ考えられないほどの運動量だと思う。

「リゼちゃんが来てくれて、この店も華やいだよ」

「ほんとだよなぁ。この店、飯は美味《うま》いんだけど、いるのは海坊主だけだったし」

あぁ……お二人、背後に海坊主――いや、クララさんがいますよぉ……。

「リゼちゃんは美人さんだし、優しいし、天使だよなぁ」

あぁ……お二人、背後に鬼も――ゴホン、クロードさんもいますよぉ……。

どこからともなく現れたお二人のオーラが黒すぎる。

「ねぇねぇリゼちゃん、フリーならさ、俺の嫁になんて――」

「ほぉ？　俺の――なんだって？」

「海坊主って――誰のことぉ？」

地を這《は》うような二つの低い声が背後から飛び出して、ビクッと肩を揺らすお客さん二人組。

「クララさん⁉」

「殿下⁉」

飛び跳ねるように席から立ち上がるお二人。

そりゃそうだ。

背後にこんなドス黒いオーラを垂れ流して来られたら……。

「うちの看板娘に向かって何言ってんのよぉっ‼」

「俺のリゼさんを口説こうなんて百年、いや千年以上早いんだよ‼」

「「うぁ～～～～‼　失礼しましたぁ～～～‼」」

鬼もびっくりな形相のクララさんとクロードさんに責められ、お客さん達は料理もそのままに走って逃げて行ってしまった。

お代はしっかりと机の上に置いて。

あぁ……せっかくのお客さんが……。

「リゼさん大丈夫だった？　変なことしてない？」

「なんで私がする前提なんですか⁉」

まだ痴女扱いする気か、このキラキラ王子。

「はは、ごめんごめん。冗談だよ。変なことされてない？」

楽しそうに笑いながら私の髪をさらりと撫《な》でるクロードさん。今日も安定して距離感のおかしなスキンシップだ。

「されてませんよ」

「本当に？　朝はともかく、夜の営業とかさ、雰囲気に呑《の》まれて手を出してくるやつとかいたりしない？　夜遅くに帰る時とか、襲われそうになったりは？」

一ヶ月の間、私とクロードさんの関係に特に変化はない。

彼は神殿での勤務の前に毎朝必ず私の顔を見にきてくれ、私に愛の言葉を囁《ささや》いてくれる。そして昼には討伐遠征がない限りここでごはんを食べ、夜は城へ帰る前に必ず挨拶《あいさつ》に来て「おやすみ」を言ってから帰っていく。

それがくすぐったくもあり、嬉《うれ》しくもある。

異性にこんなに大切にされた経験がないから舞い上がるのも仕方ないだろう。何気に毎日彼に会えるのを楽しみにしているなんていうのは内緒だ。

けれど、私はまだ自分の中でこれが恋なのか愛なのか、それともただの刷り込みなのかわからないでいる。

安易に頷《うなず》いてまた婚約破棄にでもなったら、流石《さすが》に今回は立ち直れないと思うし、慎重になっている部分があるのかもしれない。それでも何も催促することもなくそばにいてくれるクロードさんに、今は甘えさせてもらっている。

「私は大丈夫ですって。住んでいるのもすぐ隣の神殿ですし、危険なことなんて何一つないですよ。クロードさんは心配性ですね」

ふふっと笑みをこぼしながら言うと、突然腕をクロードさんに引かれ、私の身体は彼の腕の中へと閉じ込められた。

温かい。

速い速度で打つ鼓動の音が耳に響く。

「あ、あの？」

「本当はずっとリゼさんのそばにいたいんだからね？」

静かに頭上から声が降ってくる。

「危なくなったら絶対に俺を呼んでね。すぐに駆けつけるから」

とても真剣な声色に大人しく「わかりました」と答えると、私の身体はさらにきつく抱きしめられることになった。

何？　なんなのこの状況。

甘すぎて胸焼けしそうなんですけれど……‼

「ちょっとあんた達、まだ営業中よ。イチャイチャすんなら休憩中か、夜に自室でイチャイチャなさい」

「そーよー。っていうかそんなことさせないから‼　不純異性交遊反対‼」

クララさんの後に続いて声を上げたのは、すっかり常連となった女騎士のエレンさん。

私が神殿食堂でお世話になることが決まった翌日早速訪ねてくれた彼女は、今では〝聖女様〟だなんて畏《かしこ》まった呼び方や敬語も取り払って気さくに話しかけてくれるのだけれど、驚くことに彼女はこのフルティアの伯爵家の御令嬢なのだそうだ。

それがなぜ騎士をしているのかは聞いていないのだけれど、この国では望めば貴族令嬢であっても騎士になることができるらしい。

自分の個性が認められるという、ベジタル王国にはないその常識にあらためて驚きながらも、ここにくることができてよかったと心から思う。

「あんたねぇ……。毎日毎日ここに来て、暇なの？」

「暇なわけないでしょ‼　リゼちゃんがここで小姑《こじゅうと》にいじめられてないか毎日チェックしに来てるだけよっ‼」

「んまぁっ‼　小姑って誰のことよぉっ⁉」

「あんたしかいないでしょ海坊主ぅぅぅうっっっ‼」

必ず言い合いに発展するこの二人の掛け合いにも慣れてきた。

なぜかこの二人が一緒にいると必ずこうなる。

仲がいいんだか悪いんだか。

「まったくっ‼　みんなしてこのフェアリーに対してなんてあだ名つけんのかしらっ‼　とにかく、殿下、他のお客さんもいるんだから、自重なさいっ」

クララさんの言葉に我に返り、あたりを見回すと、私達は食堂のど真ん中で注目の的になっていた。

「ここで思う存分イチャイチャしてくれていいぞー」

「殿下ー、がんばってー」

「応援してるぞー」

お客さんの順応具合が怖い……‼

「ありがとう‼　きっとリゼさんを落としてみせるよ‼」

キラキラとした爽《さわ》やかな笑顔でお客さん達に手を振って応えるクロードさん。

外堀から埋められている気がするのは気のせいでしょうか。

今日も神殿食堂は平和そのもの。

――そんな平和なこの神殿食堂の朝は早い。

神殿に部屋を借りて寝泊まりさせていただいている私は、毎朝起きてすぐに隣の食堂へと行き、鍵《かぎ》を開けて窓を全開にして空気を入れ替えるという作業を行う。

それがいつものルーティーン。――のはずだったのに――。


「何……あれ……」

ある日の朝、私が出勤すると、食堂の扉の前で大きなピンクの塊、いや――大きなピンク色のうさぎさんが私を待っていた。

フルティア王国の隣国には、ベジタル王国の他にもう一つ国がある。ベジタル王国とは反対の東隣にある獣人の国ベアロボス。

実際お会いしたことはなかったけれど、もしやこれが獣人、という種族なのかしら？

「あ、あの……うさぎさん？」

私が意を決してそっと声をかけてみると、ピンクのうさぎはぴくりと反応を示した。

えっと……こ、ここはひとまず、今のところ万能な働きを見せてくれている〝たくあん〟を出しとくべき？

あぁ、でも言葉は通じるのかしら？

どうしようかと考えていると、むくり……とピンクの大きなうさぎが私の視界まで浮上した。

「私、うさぎじゃないわよ失礼ね」

「うさぎが喋《しゃべ》ったぁぁぁぁぁ⁉」

発せられた高く幼い声に驚き思わず後ずさる。

「あんたバカなの？」

辛辣《しんらつ》な言葉が飛んできた方を見ると——。

「あ、あれ？」

私の目の前には、巨大うさぎを抱えた幼女が立ってこちらを睨《にら》むように見つめていた。

金髪のツインテールに大きな青い瞳《ひとみ》。

そして存在感抜群の——巨大なピンクのうさぎ。

どうやら座り込んでいたから巨大なうさぎに隠れて見えなかったようだ。

「あ……あの……お嬢さん、一人ですか？」

恐る恐る目の前の女の子に声をかけてみる。

「ムーンと一緒」

「ムーン？」

「この子に決まってるでしょ？　理解力、ママのお腹《なか》の中に置いてきたの？」

挫《くじ》けていいですか……⁉

この子、辛辣すぎる……‼

今まで会ったどんな子どもよりも大人びてるし、本当に幼女なのかしら。まさかこのピンクの威圧感たっぷりのうさぎが本体とか……ないわよね？

「あ、あの、なんでここに？」

「こんな子どもを、こんな場所にずっといさせる気？」

うさぎを片腕で抱きしめ、もう片方の手で腰に手を当て、見下《みくだ》すように女の子が言う。

ものすごい上から目線……‼

でも確かにまだ冷える早朝の屋外に女児をいつまでもいさせるのもよろしくない。

「そうですね、じゃあ、とりあえず中へどうぞ」

そう言って私は扉の鍵を開け、女の子を食堂の中へと迎え入れた。


「はい、どうぞ」

私は食堂の椅子にちょこんと座った見た目は可愛《かわい》らしい女の子に、出来立てのホットミルクを手渡す。

「あら、意外と気がきくのね」

そう言ってから女の子はふぅふぅと息をかけて湯気を散らし、ズズッとホットミルクを啜《すす》った。

どこの高飛車貴族令嬢よ⁉

そう突っ込みたい気持ちをぐっと抑えて、彼女の隣の椅子へと腰を下ろすと、私はなるべく彼女と同じ目線になるように少しかがんでから、ゆっくりと落ち着いた口調で声をかけた。

「私はリゼと申します。あなたのお名前は？」

「レジネラ。レジィって皆呼ぶわ。こっちは私の友達のムーンよ」

そう言ってピンクの巨大うさぎを私の目の前に差し出し紹介してくれるレジィに、思わず頬が緩む。

「レジィとムーンですね。よろしくお願いします。で、なんでうちの店の前に？」

私が本題に入るとすぐにレジィの顔が強張った。

「言いたくない」

「え？」

ぎゅっとムーンを自身の胸に抱きしめると、フカフカのピンクの頭に顔を埋《うず》めるレジィ。

「出会ったばかりの人に、そんな個人的な情報言いたくない。個人情報は教えすぎちゃダメなんだから」

あれ？　もしかして不審者だと思われてる？

確かに初対面で色々聞くのはまずいのかもしれない。……初対面の美形聖騎士と野宿した上、隣国にまで一緒に来ちゃった私が言うのもなんだけど。

でもどうしたら……。

困惑していたその時。

カランカラン——。

「おっはよぉ〜」

ベルの可愛らしい音とともに、低い声を無理やり高くしたような声が響く。

「クララさん、おはようございます‼」

今日もフリッフリのエプロン、よくお似合いです。その姿を見慣れた私に、もはや怖いものなど何もない。

「あら、この子だぁれ？　なかなか可愛いじゃなぁい」

すぐにレジィを見つけたクララさんは、ズイズイと進みレジィにぐいっとその厳ついお顔を寄せた。

「ひぃっ‼」

軽い悲鳴とともに涙目になって後ずさるレジィ。

あぁ……まだ耐性のない子どもにそんなご無体な……。

「どぉしたの？　あなたお名前は？」

もう一段階顔を近づけたクララさんに、レジィは限界を超えた。

「いやぁぁぁぁあ‼　海坊主ぅぅぅぅう‼」

「だぁれが海坊主よぉぉぉぉおおおお⁉」

二人の声が朝の食堂内に木霊《こだま》した。

「——ふぅん、うちの店の前でねぇ……。で？　なんでこんな小娘が一人で早朝にほっつき歩いてんのよ？　どうせ何かあったんでしょ？」

クララさんが私に聞くけれど、私にもそこらへんがまだわかっていないので、苦笑いを浮かべながら肩をすくめて「それが教えてくれなくて」とだけ答える。

「ほぉ〜〜？」

再びサングラス越しにレジィを見るクララさん。

そして寄せられたその厳つい顔にビクッと身体を揺らすレジィ。

「話して、くれるわよねぇ？」

圧がすごい……‼

若干涙目になりながらもレジィがゆっくりと頷《うなず》いた。

圧のかけ方がえげつない。レジィ、かわいそうに。

「わ、私、ママと朝早くに隣のアプルの街から引っ越してきたの」

「アプルから？」

「うん。パパが病気で死んじゃったから、親戚《しんせき》がいるこの王都に引っ越してきたの」

床の方をぼうっと見つめながらか細い声で話すレジィ。

お父様が……病気で……。

少しばかり重たい事情に思わず口元を覆う。

「でもね、ママったら引っ越す時、このムーンを置いて行ったのよ‼　王都に入る寸前で気づいたの。ママは知らないふりをしていたけど、きっとママがやったに違いないわ‼」

ぷくっと頬を膨らませて巨大なピンクのうさぎをずいっと私達に見せるレジィ。

よく見れば所々に、生地が傷んで破れた縫い目を補修したような跡まである。よっぽど大切に持っていたんだろう。

「で、置いて行かれたはずのムーンをなんで持ってんのよ？」

「ま、まさかぬいぐるみが自力でここまで……⁉」

人形には魂が宿ると言うし、これだけ大切にされていたぬいぐるみだもの――ありうる。

いや、まさか、やっぱりこっちが本体だったの？

「んなわけないでしょ何言ってんのよリゼ」

私の思考はバッサリと女児によって切り捨てられた。

「ムーンを荷馬車に乗せていないことに気付いて、私、ママが居眠りしてる間に飛び降りてアプルに取りに帰ったの」

アプルはここの隣の街。

さほど距離もないから行って帰ってくるのは簡単だけど、まさかこんな小さな女の子一人でなんて……。

「無事にムーンを取って帰ってきたのはいいけど、ムーンを捨てちゃうママのところになんて帰りたくなくて、でも足も疲れてたしで、なんとなくここで休憩していたの」

しゅんっと肩を落としながら言うレジィをなんだか放っておけなくて、私は思わず彼女の頭をそっと撫《な》でた。

「とっても大切なんですね、ムーンのこと」

また馬耳雑言が返ってくるかと思いきや、次に発せられたレジィの声はとても穏やかなものだった。

「……ぬいぐるみ職人だったパパが、私が生まれた時に作ってくれたものだからね」

とても穏やかで優しい顔をして、ぎゅっと腕の中のムーンを抱きしめるレジィ。

手作りだったのか。

いいなぁ。

思えば私、お父様やお母様に何かを作ってもらったことなんてなかったわ。

とても愛されていたのね、レジィは。

それだけお父様の想いもレジィの想いも詰まったムーン。

そりゃ手放したくないわよね。

私がしんみりと考えていると、
グゥ〜〜〜〜〜〜……。

可愛《かわい》らしい音が、しんとした食堂に鳴り響いて、レジィの顔が赤く染まった。

「ふふっ。何か作りましょうか。孤児院や神殿の皆さんのごはんも作らなきゃいけませんしね」

私は腕をまくると、厨房《ちゅうぼう》へと足を進めた。


じゅう～～～～～……。

ミルクと卵液につけたパンをじっくり丁寧にフライパンで焼いていく。

いい匂いが厨房に広がってきた。あぁ、美味《おい》しそう。

狐色の焦げ目がついてきたらひっくり返してまた火が通るのを待つ。

「ねぇ」

「わぁっ‼　レジィ、どうしたんですか⁉」

いつの間にか私の隣にはピンクのうさぎ――いや、レジィが立っていて、料理の様子を覗《のぞ》き込んで見ていた。

「手伝う」

「え？」

「あんた一人じゃ何か失敗しそうだし」

私はどれだけダメなやつだと思われてるんだろうか。

まぁ実際、ここに来たばかりの時は何もできなさすぎて本当にダメなやつだったけれど。

「じゃあ、出来上がったフレンティにシュガリエを上から振りかけてくれる？」

そう言って私がシュガリエという白い粉末の甘味調味料をレジィに手渡すと、彼女は「わかった」と短く答えて、焼き終わり皿に移したフレンティの上にシュガリエを振っていった。

少し粒の粗いシュガリエが、白くキラキラ光ってフレンティの上を飾っていく。

「ねぇレジィ、一度お母様と話をしてみましょう」

隣で黙々とシュガリエを振りかけるレジィに、私は考えていたことをぽつりと提案してみた。

「は？　なんでよ」

「お母様がなぜムーンを置いていったのか、その真意を知らないまま家を出るなんて、お互いもやもやしてしまうだけだと思うんです」

全ての事象には大体誰かの真意が隠されている。

それをよく探り、相手の真意を読み取ることもまた王族の務め。

王妃教育で教わったことだ。

私は話し合うことすら許されぬまま追放されてしまったから、真意を確かめるなんてもうできないけど、レジィは違う。

きっと、お母様は捜しているはず。だって修復を繰り返されたムーンは、きっとお母様が一生懸命に直したものだから。

ぬいぐるみ職人であるお父様が直したのなら、あんなにわかりやすい修復にはならないもの。きっとムーンにはお父様やレジィの想いだけでなく、お母様の想いも詰まっている。

そう思えてならないのだ。

「一生、話すこともできなくなる前に……。ね？　レジィ」

なるべく優しく静かに語りかける。

どうか私の声が、想いが、この小さな女の子の心に届きますように。そう願いながら、私は隣でシュガリエを持ったまま俯《うつむ》いているレジィをじっと見つめた。

背中の向こうでスクランブルエッグを作る音とともに、視線を感じる。

——クララさんだ。

気になっていても黙って見守ってくれているあたり、やっぱり彼は面倒見も良く、信頼できるお人だ。

「……わかったわ。話せばいいんでしょ、話せば」

しぶしぶといった様子だけれど、口を尖《とが》らせながらもレジィが折れた。

「いい子ですね、レジィ」

そう言って頭を撫でてやると、レジィは赤く染めた顔で俯いて小さな声で「別に」と短く言った。

「レジィ、ミルク注いだから、席に持っていってくれるかしら？　私達は料理の方を持っていくから、そのまま席について待っていて」

クララさんが三つのコップに注がれたミルクをトレーに載せて、レジィにそっと手渡すと、彼女はこくんと頷いてからトレーを持って食堂スペースへ、こぼさないようゆっくりと歩いていった。

「……あんたも、いろいろあったんだろうけど、もう遅い、なんてことはないと思うわよ?」

かちゃかちゃとフォークセットを用意しながら、私へと静かに声をかけるクラさん。

もう遅い、なんてことはない。確かにお互い生きてはいるから、会えることは会える。

でも、その権利を私は有していないから。

「私は大丈夫ですよ」

そう言って笑顔を向ける。

実際、本当に大丈夫だから。

あの日、クロードさんに全部ぶちまけて大泣きして、自分の中で少しスッキリしている部分も多い。そして今が充実しているから、お父様やお母様に縋《すが》りたいと思うこともない。

一人だったらきっと今も、お父様やお母様の愛に縋りたいと、あんなことがあったなんて信じたくないとウジウジしていただろう。

追放されたあの日、神を恨みたくもなったけれど、この出会いをくれたことには感謝したいくらいだ。

「【たくあん錬成】‼」

トントントントン……。

一定のリズムとともに〝たくあん〟を細かく刻んでいく。

「ちょっ、あんた、何を――⁉」

「ん？　ちょっとした実験……あ、いえ、スパイスを加えてみようと思いまして」

「……は……？」

ぽかんと口を開けて私と〝たくあん〟を交互に見るクララさん。

「おはよーございまーす‼」

厨房裏口から声が響く。

孤児院の食事当番の子ども達が、朝食を取りに来たのだ。

「あらやだもうこんな時間だったのね？　はーい、今いくわー。じゃありゼ、悪いけどこれテーブルに運んでってくれる？」

「はい、わかりました」

にっこり笑って返事をすると、クララさんは裏口の方へ孤児院用の食事を載せたワゴンを押して行った。

「さて……。仕上げをして、っと……よし完成‼」

私は仕上げを施したフレンティをトレーに載せると、レジィの待つ食堂スペースへと足を向けた。

「あれ、あの人は？」

私がトレーを運んで食堂スペースへ戻ると、存在感の強いクララさんがいないことに気づいたレジィが尋ねた。

「クララさんですか？　孤児院の子ども達が食事を取りに来たので、それに対応していますよ」

私が答えると、レジィは信じられない、といった表情で「世の子ども達に圧がかかるわよ⁉」と声をあげた。

うん、まぁ、言わんとしていることはわかる。

クララさんは身体も声も大きくて一見威圧感を与えてしまうビジュアルをしているから、そう思うのも無理はない。

だけど——。

「クララさんのあの口調とフリフリのエプロンのおかげか、子ども達にウケが良いんですよね。皆、クララさんに懐いてるんですよ」

大人にとっては奇抜な格好、そして顔に似合わぬ口調であっても、子どもにとっては興味を持ち対話をするきっかけになる。

子どもの価値観は大人の常識の裏返しだったりもするのよ、と、クララさんが前に教えてくれたことがある。きっと彼なりに、子ども達と打ち解けるきっかけを模索した結果なのだろう。

それが今やクララさんという人格として完成しているのだけれど。

「ふぅん……意外とあの人奥深いのね」

「目に見えているものだけが全てじゃない、ってことですね」

そう言ってレジィに笑みを向けると、レジィも僅《わず》かに頬を緩めて頷《うなず》いた。

「さぁて‼　じゃぁ私達も朝食にしちゃいましょっ‼」

子ども達への対応を終え食堂スペースに鼻歌交じりにスキップしながら現れたクララさんに、私達は再び視線を送りあい微笑《ほほえ》んだ。

「なになに？　何かいいことでもあったの⁉」

「ふふ、クララさんが楽しそうで嬉《うれ》しいなと思っただけですよ」

「んまぁっ、可愛《かわい》いこと言ってくれちゃってこの子はっ‼　皆で食べるともっと楽しくなれるわよ‼　さ、食べましょっ」

彼が席につくと、私達は朝食を前に食前の感謝の言葉を述べた。

「聖レシアの恵みに感謝を」

この食前の言葉は全国共通で、私達はどの国でも皆、創世の神であり豊穣《ほうじよう》をもたらしてくれるレシア様を信仰している。

聖女はレシア様の力を継いでいると言われているからこそ、どの国で現れたとしても、どれだけ力が弱かったとしても、大切に扱われるものらしい。

「ねぇ、この黄色いの何？」

レジィがカリトロのフレンティに添えられている黄色の刻み〝たくあん〟を指さす。

「ふふっ。〝たくあん〟ですよ。さぁ、フレンティと一緒に召し上がれ」

笑顔でレジィの目の前へとお皿を差し出すと、レジィが少しだけ眉《まゆ》を顰《ひそ》めた。

「なんか、ちょっと変わった匂いね」

変わった匂いの食べ物に慣れているこの国の人でもやっぱり匂いに馴染みがないみたい。

「この間のアレに比べたらマシよ……」

「……あれに比べたら……ですね」

私とクララさんは先日の〝たくあん〟料理を思い出して二人同時にゲンナリとため息をついた。

常連のアンセさんに教えてもらった、オニオーリをすりおろしたものに漬けた〝たくあん〟。あの激臭は今でも忘れられない……。

私達の発言に、恐る恐るといった様子で小さく切ったフレンティと少量の刻み〝たくあん〟を一緒に口の中へと運ぶレジィ。

そして彼女の小さな口の中へと、黄色の物体が姿を消していった。

カリッ……ボリッボリッ……。

しんとした中で響く軽快な咀嚼《そしゃく》音。

私もクララさんも、レジィの反応をごくりと唾《つば》を飲みながら静かに見守る。

やがて、ごくん、とレジィの喉《のど》が鳴って、彼女がぽつりとつぶやいた。

「……何これ……美味《おい》しい」

それから黙々と切り分け口の中へ入れていく少女に、私とクララさんは顔を見合わせると同時に頬を緩ませた。

そしてクララさんも自身の整えられたヒゲが囲む大きな口へとフレンティと〝たくあん〟を放り込む。

「あら本当っ‼　美味しいじゃないっ‼」

頬に手を当て幸せそうに咀嚼を繰り返すクララさん。

「フレンティの表面がカリカリしてるから、黄色いのの食感も浮かないし、甘いとしょっぱいが一緒になってるのに喧嘩《けんか》しない。すごく美味しいわ、これ」

目をキラキラさせてフレンティの〝たくあん〟載せを見るレジィ。

すごい。感想が子どものそれじゃない……‼

どうやらこのレシピは成功のようだ。

「クララさん‼」

「えぇ‼　明日からこれもメニューに追加するわよぉぉぉぉおお‼」

「私を実験台にしないでくれる⁉」

レジィが吠《ほ》える。

仕方ない。

誰かが試さなければ、美味しい新作料理は生まれないのだから。

カランカラン――。

「おはよう、リゼさん」

私達が談笑しながら朝食をとっていると、朝から爽《さわ》やかで美しいご尊顔のクロードさんが現れた。

白い聖騎士の装いに身を包んだクロードさんは、美しさの中にも凛々しさと逞《たくま》しさが見えて、カッコ良さ二割増しだ。

「おはようございます、クロードさん」

「ん。今日も可愛いよ、俺のリゼさん」

とびきり甘い笑顔でそう言う彼に、毎日のことではあっても未だに慣れない。

「子どもは見ちゃダメよぉ」

「そ、そんなんじゃないですからっ」

言いながらレジィの目を自身の大きな両手で塞《ふさ》ぐクララさんに、火照《ほて》った顔面を手で扇ぎながら、私は否定の言葉を述べる。

「で、リゼさん、その子は？　リゼさんと俺の子？」

にっこりと微笑みながらレジィをじっと見るクロードさんに「そんな関係じゃないですよね⁉」と言葉を返す私。

その発想はどこから来るんだ、このお方は。

「この子はレジィといって、店の前で拾いました」

「そっか、拾ったのか。じゃあその子は第二の俺か。いや、ジェイドもリゼさんに命を拾われたからなぁ……君は三号だね」

そういえばクロードさんも、行き倒れているところを私が拾ったんだった。

「この子の場合は家出のようです」

「家出？　んー……あ、もしかしてレジネラちゃんかな？」

少し考えてからクロードさんがレジィの本名を口にする。

「すごい‼　なんで分かったんですか？」

私が聞けば、クロードさんはにっこりと爽やかな笑みを浮かべて、すぐそばの椅子に腰掛けた。

「母親から届けが出てるんだよ。馬車の中で居眠りをして起きると娘さんの姿がなかったって。ひどく動揺しているようだったから、騎士団本部の医務室で休養を取ってもらっているよ」

やっぱりレジィのことが心配で捜していたんだ。

その事実に胸が温かくなる。

「レジィ、食べたら騎士団本部に行ってみましょ」

「でも……」

「話し合ってみるんでしょ？　大丈夫。私も一緒に行きますから」

私が言うと、レジィは不安げに目を伏せながらも、やがてゆっくりと小さく頷いた。

「じゃ、俺がここにお母さんを連れてくるよ」

すかさずクロードさんが右手を上げて、誘導係に立候補する。

「え？　でも、いいんですか？」

「うん。また騎士団の男どもにうちの可愛いリゼさんを見られたくないからね」

そう言うとクロードさんは先ほど腰掛けたばかりの椅子から立ち上がり、「待ってて」と颯爽《さっそう》と食堂を後にした。


「――レジィ‼」

しばらくして、叫ぶような女性の声と共に店の扉がバンッと開け放たれた。

「ママ……」

そうつぶやいて椅子から立ち上がったレジィに気づいて、女性は足速にこちらへ近づく。

金色の髪に青い瞳《ひとみ》。

レジィそっくりの色みをした女性は、続いて入店した、案内を買って出てくれたクロードさんを見るまでもなく、彼女のお母様に違いないとわかる。

エレンさんもレジィのお母様に付き添って来てくれたようで、私の視線に気づいてにっこりと笑顔で片手をあげて挨拶《あいさつ》してくれた。

「レジィ……‼　無事でよかった……‼」

そう言って小さな身体を抱きしめた女性の目には、うっすらと涙が滲《にじ》んでいる。きっととても心配していたんだろう。

彼女の様子を見ればわかる。

どれだけレジィが愛されていたのかも。

それでもレジィは俯《うつむ》いたまま黙って抱きしめられている。

「なんでいきなりいなくなったの⁉　あなたまで失ってしまったら……私――」

「ママがムーンを前のお家《うち》に置いて行ったからでしょ⁉」

母の悲痛な叫びを遮るように、レジィが声を上げた。

「パパが私のために作ってくれた大事なムーンをママが置いて行ったから、私は一人でアプルまで取りに帰ったの‼」

「それは……」

「私が大きくなったからってムーンを捨てちゃうママのところになんて、私帰らない‼　孤児院でも暮らすわよ‼」

何か言いたげなお母様の言葉を無視して、一気に捲《まく》し立《た》てるように、目にいっぱい涙を浮かべながら母を睨《にら》みつけるように見上げるレジィ。

「レジィ」

私は思わず彼女の名を呼ぶ。

思わぬところからの声かけに、レジィとレジィのお母様の視線が同時に私へと注がれた。

「孤児院は、お母様やお父様を亡くした子達、捨てられてしまった子達が住んでいる場所です。レジィは心配してくれるお母様がいるでしょう？　きちんと話を聞いてあげて。目に見えているものが全てとは限らないのですから。ね？　……お母様も、何か思いがあったのではないですか？　それをしっかり伝えてあげなければ、すれ違ったままなのでは？」

孤児院は誰でも入れる家出部署ではない。

王太子の婚約者としてよくベジタル王国の孤児院に慰問に訪れていた私は、そこがどういう場所なのか痛いほど理解している。

皆毎日楽しそうに友達や神官と暮らしているけれど、最初は笑顔を忘れた状態の子どもも多い。親の死や育児放棄で、不安や悲しみ、絶望を味わった子達だ。

そこから時間をかけて、安心と信頼を育んでいく。皆が自分と向き合いながら前に進んでいるからこその笑顔なのだ。

レジィとは違う。

まだ間に合うのだから。

私とレジィのお母様の視線が交わると、彼女はしっかりと頷《うなず》き、レジィに視線を向けた。

「レジィ、ムーンを置いて行ってしまって、ごめんなさい」

レジィのお母様は娘の両手をそっと自身のそれで握りしめ、視線を合わせながらゆっくりと言葉を発した。

「心配だったのよ。ずっとムーンを抱きしめて歩くあなたが。いつまでもパパとの思い出に浸って、新しい街でレジィがお友達を作ることができないんじゃないかって」

震える声で言葉をつむぐ自身の母を、レジィは黙って見つめる。

「パパとの思い出を大事にしてくれるのは嬉《うれ》しいのよ。でも、それに囚われて、レジィの未来を潰《つぶ》してしまうようなことになったらいけないと思って、あなたが荷馬車に乗り込んですぐ、こっそり荷物からムーンを抜き取って置いて行ってしまった……。勝手に置いて行ってしまって、本当にごめんなさい」

母親として、子どもの未来を案ずるが故の行動。

けれど圧倒的に、彼女には言葉が足りなかった。

いつの間にか無くなっていたら、すぐに忘れて新しい友達の方へと目が向くだろう。そんな子どもへの侮りがあったのかもしれない。

頭を下げ続ける母を、レジィは何も言わないままじっと見て、やがてぽつりと「私も、ごめんなさい」と言った。

言の葉はレジィのお母様の頭上へと降り注ぎ、彼女は跳ねるように顔を上げる。

「何も言わないで出てきて、ごめんなさい。でもムーンはパパとの大切な思い出なの。私、ここでお友達いっぱい作るから……‼　だから捨てないで……‼　私からパパの思い出を取らないで……‼」

大きな瞳から溢《あふ》れては頬を伝い落ちていく涙。

お父様が亡くなってどれだけ寂しかったか、どれだけ強がって生きてきたのか、それが溢れ出しているかのようだ。

そんな娘を力一杯抱きしめて、母は何度も何度も頷いた。

同じように溢れる涙を止めることなく。

それはきっと、必要なものだから。

二人が前に進むために。

レジィが自分の未来を切り開くために。


ひとしきり泣いて落ち着いた頃、レジィのお母様が真っ赤になった目を擦り涙を拭《ふ》いて立ち上がり、私達に頭を下げた。

「レジィを保護してくださって、本当にありがとうございました。ご迷惑をかけてしまって、申し訳ありません」

「和解できてよかったです」

私はなるべくレジィのお母様が気に病まないように微笑《ほほえ》みを返してから、「クロードさんもエレンさんも、ありがとうございました」と彼らに感謝を伝える。

「気にしないで、俺達の仕事でもあるし、何よりリゼさんの役に立てるならこんなに嬉しいことはないよ」

「そうそう。ま、こいつの顔を見なきゃいけないのだけは難点だけどね」

相変わらずクララさんにだけはツンツンした棘《とげ》を見せるエレンさん。

「んまぁぁぁっ‼　可愛くない子ねぇ‼　ったく、昔は良い子だったのに、いつからこんな生意気な子になっちゃったのかしらっ‼」

「あんたが突然ここに入り浸って食事量増やして筋トレし始めてからよ筋肉だるま‼」

「私の美しき筋肉に嫉妬《しっと》したのね⁉」

「ちがうわっっっっっ‼」

あぁ……また始まった……。

私とクロードさんが苦笑いで二人の痴話喧嘩《ちわげんか》を見守ると、レジィが私の前に進み出た。

「リゼ、ありがとう。私、ママのところに帰るわ。ムーンと一緒に」

彼女はそう言うと椅子に座らせたままだったムーンを抱き上げ、片手で母の手を握る。

大切なもの達を離さないというように、ぎゅっと、固く。

「レジィ、いつでも遊びに来てくださいね」

私の言葉に「いいの？」とレジィは大きな瞳をさらに大きくする。

「ふふ、はい。これも何かの縁ですし……私ね、ここに来てまだ一ヶ月で、お友達がいないんです。レジィ、よかったら私のお友達になってくださいませんか？」

ここに来て〝たくあん〟を錬成し続けて早一ヶ月。

私には未だに友達というものがいない。

クララさんは同僚であり先輩だし、時々顔を出してくれるジェイドさんは友達というより、命を救ったからか、なんだか信者か何かみたいに敬ってくるし、エレンさんもジェイドさんに近い感じの常連さんだし、クロードさんは……うん、何か違う。

一週間に一回、孤児院や神殿の食事を外注していて、その日は定休日になっているものの、お休みの日にも一緒に出かけるような友達はいないので、基本一人で街を歩いたり部屋で本を読んだりしている。

決してぼっちではない、と思いたいけれど自信はない。

私の申し出にポカンとした表情でしばらく惚《ほう》けていたレジィだったが、一瞬だけ可愛らしい満面の笑みを咲かせると、頬を赤らめすぐに取り繕うように視線を逸《そ》らした。

「仕方ないわね。良《い》いわ、リゼのお友達一号になってあげる」

ぶっきらぼうな言い方は照れ隠し。

本当の気持ちはそのリングリの果実のような赤いほっぺたが証明してくれている。

「ありがとうございます、レジィ。じゃあ、また新しいレシピを考えておきますね」

「なんで友達を実験台にしようとしてんのよ⁉」

レジィが吠《ほ》えて、私も、レジィのお母様も、クララさんも、そしてクロードさんもエレンさんも、笑顔の花を咲かせた。

きっと今、ムーンにもその花は咲いていている。

私には不思議とそう思えたのだった。

4【たくあんレシピ集】

「──みなさん、心の準備はいいですね？」

「いつでもいいよ、リゼさん」

「私も覚悟はできたわ」

「リゼ殿、大丈夫。自信を持って」

「あぁ〜楽しみっ‼　隊長についてきてよかったー‼」

「私は今日ここに来たことを今すごく後悔してるわよ……。ね、ムーン」

　ここは神殿食堂。

　今はランチタイムが終わり、仕込みも終わり、あとはディナーの時間を待つだけというフリーな時間。

　そんな時間にたまたま集まったクロードさん、ジェイドさん、エレンさん、レジィを食堂の椅子へと誘い、クラさんもまた椅子へと着席したのを確認して、私は彼らの前にクロッシュを被せた皿を三皿と取り分け用の小皿を用意した。

「それでは始めます……‼　第一回‼　〝たくあん〟料理試食会‼」

「待ってましたリゼさん‼」

クロードさんの声援が飛ぶ。

そう、偶然集まった彼らを椅子に座らせたのは、全て、この三皿の料理を試食してもらい、評価を聞くため。

新しいたくあん料理のレパートリーを増やすためなのだ‼

「ではまず一品目です」

パカッと一番右側の皿のクロッシュをオープンさせる。

中から白い湯気とともに出てきたのは、〝たくあん〟ピザ。

真っ白い生地の上にチーズと刻んだ〝たくあん〟を載せ、窯で焼いたものだ。

黄色い。全体的に――黄色い。

下の生地が隠れるほどの〝たくあん〟をこんもりと載せてしまったから。

五人の前に一皿ずつピザを切り分けて配膳《はいぜん》していく。

引き攣《つ》った顔でそれを眺める彼らに苦笑いを浮かべつつ「よろしくお願いします」と食べるよう促す。

「……」

「……」

「……」

「あらぁ……」

「……」

ピザを見つめたまま誰も手をつけようとしない。

エレンさんなんて笑顔で固まってしまった。

無理もないか。私がこれ出されても戸惑うもの。

やっぱり前衛的すぎたかしら？

「……俺が先に食べよう」

勇者、いや聖騎士クロードさんが先陣を切って手を挙げた。

「いえ、殿下の身を危険に晒《さら》すなど……‼　ここは私が‼」

そんなクロードさんをジェイドさんがすかさず止める。

いやいや失礼じゃない⁉

私の料理をなんだと思ってるのよっ⁉

まぁ今回はちょっとばかし前衛的すぎたかなぁとは思わないこともないけれど……。

「じゃあ、二人同時に」

クロードさんが半分折れて、二人は視線を合わせて深く頷《うなず》き合うと、〝たくあん〟ピザを一口、口の中へと噛《か》み入れた。

カリッ……。

ポリポリポリ――。

おおよそピザの咀嚼音《そしやくおん》とはかけ離れたそれに、一気に不安が襲いくる。

私は彼らのお口が落ち着くのを、息を呑《の》んで待った。

そして――。

「うん‼　これ美味《おい》しいよ、リゼさん」

「えぇ。とても美味しい。さすがリゼ殿です」

【美味しい】いただきましたぁぁぁ‼

よかったぁ～‼

安堵《あんど》の息をついて私は二人に「ありがとうございます‼」と頭を下げた。

先陣を切った二人の反応に安心したクララさんとエレンさん、それにレジィも、恐る恐るではあるけれどゆっくりと〝たくあん〟ピザを口に入れる。

カリッボリボリッ――。

「んっ‼　これ良いじゃないっ‼　チーズとの相性も良いわね‼　これはディナータイムの酒飲み連中の間で人気が出そうだわ‼」

クララさんの商売魂に火がついた。

でも確かにお酒のお供にいいかもしれない。そうなると少しずつつまめるように一口サイズに四角く切ってしまうのも有りなのかも。

頭の中でどうすれば食べやすいかを思案していく。

私もクララさんの商売魂に相当影響を受けているみたい。

「クラウスと同意見なのは悔しいけど、本当、これお酒に合いそう‼　さすがリゼちゃんだわ‼　可愛《かわい》いし料理もできるし癒し系だし、もう最高じゃない‼」

ガタンッと椅子を揺らしながら立つと、私に抱きつくエレンさん。

エレンさんのダイナマイトボディな胸がぎゅうぎゅうと私の顔を潰《つぶ》しにかかる。

くっ……これがコミュ力……これがメリハリボディの力というものか……‼

「でもこれ、もう少し〝たくあん〟減らしたほうがいいと思う。見た目が前衛的すぎるのよ。食べて美味しいの前に、食べてみたくなるような見た目を考えるのも大事だと思うわ」

うっ……確かに……‼

見た目を忌諱《きき》して、注文してもらえなかったら意味ないものね。

的確な指摘だわ。

やっぱりこの女児……できる……‼

「そうですね。見た目に関してはもう少し改善の余地あり、ですね」

同意しながら私はメモ帳に改善点のメモを取っていく。

このメモ帳、教えてもらったことや思いついたレシピ、その改善点をメモしていっているのだけれど、もうすぐ一冊目の最後のページに到達する。

それだけたくさんの経験をさせてもらっているっていうことなのよね。

あのまま王太子妃になって王妃になっていたら決してできなかった経験。

ふふっ。

あのクソ王太子……ゴホンッ、バカ王太子に感謝しなきゃ。

「じゃあこれは見た目の改善、っていうことで……。さぁ、張り切って次、いってみましょっか‼」

気を取り直して次のクロッシュに手を伸ばす。

再び五人が引き攣った笑顔を見せた。

「……何、これ」

「また斬新な食べ物、ですね、リゼ殿」

「さすがリゼさん。前衛的な食べ物で素敵だと思うよ」

「ホント、こんな珍味感にあふれた食べ物、初めて見たわ。さすがよ、リゼちゃん」

「お待ちなさいあんた達。流石《さすが》にこれはないわ」

レジィが言葉を詰まらせ、ジェイドさんが言葉を濁し、クロードさんとエレンさんはとりあえず褒めちぎり、クララさんが冷静に否定した。

彼らの目の前では、手のひらほどの大きさの野菜の山の上にたくあんがぎっしりと敷き詰められた料理が存在感を放っている。

「大丈夫ですよ、食べられます‼　キャベジンを刻んだものやバラ肉を焼いて、ケイメスの卵を薄く伸ばして焼いたものを上に被せ、上からソースをかけたもので、その上にスライス〝たくあん〟をトッピングしてみました。『混ぜ焼き』というものらしいです。昔他国の料理の本で読んだことがあるのを思い出して、〝たくあん〟トッピングして作ってみました」

　確か遠く東の国で人気の料理で、バラ肉以外にも麺《めん》を入れたりエビを入れたり、さまざまな食べ方があるそうだ。

「混ぜ焼きは食べたことあるから美味しいのは知ってるわ。でもね……。美的感覚が0なのよあんたはぁぁぁぁ‼」

「いたいいたいいたいいたいいたいいたい‼」

　クララさんが両手の拳《こぶし》を私のこめかみにあてぐりぐりとねじ込んでくる。

　地味に痛い。

「なるほど、混ぜ焼き、でしたか……。あまりにも上の〝たくあん〟の主張が強すぎて、下が見えませんでした」

　ジェイドさんが苦笑いしながらフォークとナイフで人数分切り分け皿に盛り付けると、それを全員に行き渡らせる。

「ん、美味しい。でも見た目がねぇ……。〝たくあん〟が出しゃばりすぎるのよ。中にいれるとか、上に少しだけ飾るとかでいいんじゃない？」

　一口食べてレジィがしたアドバイスに、クロードさんもジェイドさんも、クララさんも深く頷いた。

私はそれを「ふむふむ」とエプロンのポケットから小さなノートを取り出し、改善案を書いていく。

今まで編み出した〝たくあん〟料理は、メモ帳に書いた修正点などもまとめて、全て一つのノートへと書き起こしている。

私の、私だけの【たくあんレシピ集】だ。

この材料全部混ぜて焼いてみても美味しいかも。うん、今度試してみよう。

「なんか悪寒がしたわ……」

レジィがつぶやく。

こうして皆のアイデアによって、食堂のメニューが増えていくのだった。

5 国際記者拾いました

――今日も食堂は大繁盛だ。

先日試食会で出した〝たくあん〟ピザは、四角く一口大に切って、〝たくあん〟の量も大盛りではなく下品にならない程度に適度に盛り付け、上に差し色として緑のパセイラを少量まぶした。

そんな新作の〝たくあん〟ピザは思った通り夜の酒呑《さけの》み達に大好評で、ここ数日は噂が噂を呼んで、この王都ドリアネス以外からも酒呑みが集まるようになった。

そのおかげでクララさんは「がっぽり稼ぐわよぉ～～!!」と金儲《かねもう》けに燃えている。

ちなみにここの収益は、私達のお給料の他に孤児院の維持費や子ども達の教育や生活のために使われる。

意外と子ども好きなクララさんは、自分の給料を使って時々子ども達にお菓子を買って、休憩時間などに配っているらしい。

フリフリエプロンも口調も、元々は子ども達に威圧感を与えないためだというし、根っからの面倒見の良さがあるのだろう。

「さぁて!!　今日はもう上がって良いわよ!!」

あらかた片付けを済ませたクララさんが言う。

夜の戸締りやら会計締めはクララさんが、朝の鍵《かぎ》開けや調理準備は私が、と、役割を分担している。前は全てをクララさん一人でしていたというのだから驚きだ。

「ありがとうございます。じゃあ、あとお願いしますね。お疲れ様でした」

「はぁい。お疲れ様ぁ。しっかりお肌のケアして寝るのよぉ〜」

お肌のケアには人一倍うるさいクララさん。

少し肌が荒れているとすぐに気づき、持ち歩いている携帯用の化粧水を塗りたくられる。

ここにきてすぐ、何も持っていなかった私に化粧品を一式揃えてくれたのも、今まで侍女に任せていたがゆえにやり方を全く知らなかった私に、ケア術を叩《たた》き込《こ》んでくれたのも彼だ。

本当にクララさんには頭が上がらない。

私はクララさんに挨拶《あいさつ》をしてから、食堂を後にした。


外はさらさらと糸雨《しう》が降り注ぎ、少しだけ肌寒い。

あいにく傘を持っていない私は、すぐ隣の神殿入り口まで走った。

「少し濡《ぬ》れちゃったわね、早く乾かさなきゃ」

神殿入り口のポーチまでたどり着いて、扉の方へと一歩踏み出すと——。

ぐにっ——。

何か踏んだ⁉

「何⁉」

靴底を通して感じる弾力に、私はタタラを踏みながらも先ほど自身が踏んづけたものを見る。

「へ…………？　――――人？」

びしょ濡れの黒く短い髪。黒のシャツとパンツスタイルの、おそらく女性が私の足元でうつ伏せになって倒れている。

元公爵令嬢リゼ。

追放されて三ヶ月。

またもや人を拾ってしまいました。


とりあえずこのままにはしておけないので、片腕を私の肩へと回して支えながら引きずるようにして自分の部屋まで彼女を運び込み、ストンと椅子に下ろすと、彼女の肩を軽く叩いて「あの、もしもし？」と声をかけてみた。

すると微《かす》かに瞼《まぶた》がふるりと震え、ゆっくりと開かれた。

瞼の下から露《あらわ》になった綺麗《きれい》な若草色の瞳《ひとみ》と視線が交わる。

「ここは……？　あんた……誰？」

「私はリゼです。あなたはこの神殿の前で倒れていたんですよ」

「リ……ゼ……？」

重だるそうに私の名を復唱する女性にホッと息をつく。

よかった、意識はちゃんとはっきりしているみたい。

「まずはシャワーへどうぞ。そのままだと風邪を引いてしまいますからね」

私はそう言うと、彼女の手をひいて風呂場《ふろば》へ続くサニタリールームへと案内した。


「それじゃあ、私は新しい下着と服を調達してくるので、ごゆっくり」

「あ、あぁ」

私は扉を閉めると、すぐに神殿の神殿長に事情を説明してから支給品の新しい下着や服を用意し、再び部屋のサニタリールームのワゴンへとそれを置いておいた。

「服、ここに置いておくので使ってくださいねっ」

「……ありがとう」

シャワーの音に紛れながらも微かに聞こえたハスキーボイス。

それからすぐに、部屋の備えつけの簡易キッチンで紅茶を淹《い》れる。簡易キッチンやサニタリールームまで備わっているなんて、最初は明らかにＶＩＰ部屋だと思ったものだけど、なんとどの神官・聖騎士の部屋もこうらしい。

フルティアは福利厚生がしっかりしているのね。

毎月10日発売

5月刊行ラインナップ

剣と魔法と学歴社会 3
～前世はガリ勉だった俺が、今世は風任せで自由に生きたい～

著：西浦真魚　イラスト：まろ

姉上から届いた怒りの手紙に恐怖したアレンは、学友たちを巻き込んで急遽王都の家に帰ることに！　謎の大乱闘を何とか乗り切り、やっと迎えた夏休み、港町で海鮮を楽しもうとするも、ダンの知人と偶然出会い……？

少年がその異形を
駆るとき——
人類が世界を
取り戻す戦いが始まる。

「それでは始めます。第一回、〝たくあん〟料理試食会！」
リゼリア・カスタローネ
元ベジタル王国公爵令嬢。聖女の最有力候補だったが18歳の誕生日にスキルが「たくあん錬成」だと判明し、追放される。
クロード
フルティア王国の第二王子。21歳。聖魔法を使うことのできる希少な人物で、聖騎士をしている。
たくあん聖女のレシピ集
【たくあん錬成】スキル発覚で役立たずだと追放されましたが
神殿食堂で強く生きていきます

「な……っ!?」

「何だこれは!?」

「くっ、抜けん……!!」

私の目の前に現れたのは、
想像したよりも大きく分厚い円形のスライス〝たくあん〟……。

そしてそれにザクザクと刺さったまま捕らわれる三つのナイフ。

すごい……〝たくあん〟の――盾……!!

「【たくあん錬成】――!!」

「待ってましたリゼさん！」
クララ
神殿食堂を切り盛りしている
自称食堂の妖精。
エレン・グレンフィールド
フルティア王国の女騎士であり
伯爵令嬢。